LE DESTIN DES BRÂVES

Lumière et ténèbre

Le Destin Des Braves

Aventure, Volume 188

JEUNE Derlens

Published by Jeune Derlens, 2024.

This is a work of fiction. Similarities to real people, places, or events are entirely coincidental.

LE DESTIN DES BRAVES

First edition. July 9, 2024.

Copyright © 2024 JEUNE Derlens.

ISBN: 979-8227463159

Written by JEUNE Derlens.

Also by JEUNE Derlens

Aventure
Le Destin Des Braves

JEUNE Derlens
Chapitre 1 : le village de la solitude

Le village de Solitude s'éveillait lentement sous un ciel embrumé. Niché au cœur des montagnes, il semblait coupé du reste du monde, enveloppé dans une tranquillité mystique. Les maisons en pierre, aux toits de chaume, s'alignaient le long des ruelles pavées, leur apparence vieillie racontant des histoires d'antan. Chaque matin, le chant mélodieux des oiseaux perçait le silence, annonçant le début d'une nouvelle journée.

Lucien, l'horloger du village, se tenait à la fenêtre de son modeste atelier. À 68 ans, ses mains étaient encore aussi agiles qu'autrefois, bien que marquées par le temps. Son visage ridé, encadré de cheveux gris, exprimait une sagesse tranquille. L'atelier était un véritable sanctuaire de mécanismes anciens, chaque étagère regorgeant de montres à gousset, de pendules et d'horloges en attente de réparation. Le tic-tac régulier des horloges formait une symphonie apaisante, un rappel constant du passage inéluctable du temps.

Alors qu'il ajustait les rouages délicats d'une montre en argent, un léger coup à la porte interrompit sa concentration. Surpris, Lucien posa ses outils et se dirigea vers la porte. À Solitude, les visites étaient rares, surtout à une heure si matinale.

Lorsqu'il ouvrit la porte, il découvrit un homme debout sur le seuil. L'étranger portait un long manteau noir et un chapeau qui cachait partiellement son visage. Ses yeux, d'un vert intense, semblaient percer l'âme de Lucien. Sans un mot, il tendit une boîte en bois finement sculptée.

« Monsieur Lucien, » dit l'étranger d'une voix grave et douce, « j'ai entendu dire que vous êtes le meilleur horloger de la région. Cette montre est tout ce qu'il me reste de mon père. Elle s'est arrêtée le jour de

sa mort, et depuis, je ne parviens pas à la faire fonctionner de nouveau.
»

Lucien prit la boîte avec précaution, sentant le poids de l'émotion dans les paroles de l'étranger. Il ouvrit lentement la boîte et découvrit une montre à gousset en or, ornée de gravures complexes représentant des scènes mythologiques. Elle était magnifique, mais une étrange sensation d'appréhension émanait de l'objet.

« Entrez, » invita Lucien, « je vais voir ce que je peux faire. »

L'étranger hocha la tête en signe de gratitude et suivit Lucien à l'intérieur. L'horloger alluma une lampe à huile, dont la lumière vacillante éclaira l'atelier, projetant des ombres dansantes sur les murs. Il s'installa à son établi, ses outils soigneusement disposés devant lui. Avec une précision infinie, il ouvrit le mécanisme de la montre et commença à examiner ses entrailles complexes.

Pendant ce temps, l'étranger observait en silence, ses yeux fixés sur les mains habiles de Lucien. Chaque tic-tac semblait lourd de signification, chaque rouage un mystère à déchiffrer. Le silence était seulement brisé par le crépitement du feu de bois dans la cheminée, ajoutant une chaleur douce à l'atmosphère.

Après plusieurs minutes de travail minutieux, Lucien découvrit une petite inscription gravée à l'intérieur du couvercle de la montre. Les mots, à peine visibles, étaient écrits dans une langue ancienne qu'il ne connaissait pas. Il leva les yeux vers l'étranger, cherchant des réponses.

« Cette inscription, » dit-il doucement, « qu'est-ce qu'elle signifie ? »

L'étranger s'approcha, jetant un coup d'œil à l'inscription. Une expression de tristesse traversa son visage.

« C'est une malédiction, » murmura-t-il. « Mon père m'a toujours dit que cette montre était liée à un ancien trésor, mais qu'elle portait aussi un terrible fardeau. Ceux qui cherchent le trésor doivent être prêts à en payer le prix. »

Lucien sentit un frisson parcourir son échine. Une malédiction ? Un trésor ? Ces mots résonnaient comme une ancienne légende, mais le regard sérieux de l'étranger suggérait qu'il croyait chaque mot qu'il disait.

« Je vais faire de mon mieux pour réparer cette montre, » dit Lucien avec détermination. « Mais je dois vous prévenir, certaines choses ne peuvent pas être réparées par de simples moyens. »

L'étranger acquiesça, ses yeux brillant d'une lueur d'espoir.

« Merci, Lucien. Peu importe le prix à payer, je dois découvrir la vérité. »

Lucien reprit son travail, ses pensées tourbillonnant autour des mystères non résolus. Il savait que cette rencontre marquait le début d'une aventure qui allait bouleverser la tranquillité de Solitude, mais il était prêt à relever le défi. Le tic-tac régulier de la montre résonnait à nouveau, comme le battement d'un cœur prêt à dévoiler ses secrets.

La nouvelle de l'étranger se répandit rapidement à Solitude. Dans un village où chaque événement, même minuscule, devenait sujet de conversation, la présence d'un inconnu était une rareté qui éveillait la curiosité. Les habitants observaient discrètement l'homme en manteau noir lorsqu'il se promenait dans les ruelles pavées, et des chuchotements s'élevaient chaque fois qu'il entrait dans une boutique ou saluait un passant.

Le matin suivant, Lucien était de nouveau dans son atelier, absorbé par le tic-tac des horloges, lorsqu'il entendit un deuxième coup à la porte. Il leva les yeux, espérant y voir l'étranger, mais fut surpris de découvrir Claire, une jeune femme du village, se tenant sur le seuil.

Claire, la vingtaine passée, avait des cheveux châtain clair qui cascadaient en boucles autour de son visage. Ses yeux bleus, perçants et déterminés, exprimaient une curiosité insatiable. Elle portait une robe simple, adaptée aux travaux du village, mais sa posture et son regard révélaient une âme en quête d'aventures.

« Bonjour, Monsieur Lucien, » dit-elle avec un sourire chaleureux. « J'ai entendu dire que vous avez eu une visite inhabituelle hier. »

Lucien sourit en retour, appréciant la franchise de Claire. « Oui, c'est exact. Un homme est venu me voir avec une montre ancienne à réparer. »

Claire entra dans l'atelier, ses yeux scrutant les montres et horloges autour d'elle. « Est-ce que cette montre est vraiment spéciale ? Les gens disent qu'elle est liée à une sorte de malédiction. »

Lucien soupira. « Il semble que oui. L'étranger m'a parlé d'un trésor et d'une malédiction ancienne. Mais je ne sais pas encore toute la vérité. »

Claire hocha la tête, visiblement intriguée. « J'aimerais vous aider, si vous le permettez. Je connais bien les légendes de ce village, et j'ai toujours rêvé de percer leurs mystères. »

Lucien était sur le point de répondre lorsque l'étranger fit son apparition dans l'atelier. Il entra silencieusement, comme une ombre glissant sur le sol, et salua Claire d'un signe de tête.

« Bonjour à vous, mademoiselle. Je vois que la curiosité du village ne faiblit pas, » dit-il avec un léger sourire.

Claire répondit avec un sourire énigmatique. « Je m'appelle Claire. Et vous ? »

« Je suis Elias, » répondit-il simplement, avant de se tourner vers Lucien. « Avez-vous fait des progrès avec la montre ? »

Lucien hocha la tête. « J'ai réussi à la remettre en marche, mais il reste cette inscription mystérieuse. Je pense qu'elle est la clé pour comprendre la malédiction. »

Elias prit une profonde inspiration, son regard se faisant plus sombre. « Mon père m'a laissé quelques documents avant de mourir. Ils pourraient contenir des informations sur cette inscription. Si vous êtes prêts à m'aider, je les partagerai avec vous. »

Claire et Lucien échangèrent un regard déterminé. « Nous sommes prêts, » répondit Lucien.

Elias sortit de son manteau une vieille enveloppe jaunie par le temps. À l'intérieur se trouvaient des feuilles de papier fragiles, couvertes de notes et de croquis. Il les posa délicatement sur la table de l'atelier.

« Ces documents parlent d'un trésor caché depuis des siècles, » expliqua Elias. « Un trésor protégé par une malédiction. Mon père croyait que la montre était la clé pour lever cette malédiction et accéder au trésor. »

Lucien et Claire se penchèrent sur les documents, leurs esprits travaillant à décrypter les indices. Les notes mentionnaient des lieux familiers autour de Solitude, mais aussi des symboles et des phrases en une langue ancienne.

« Cette langue... » murmura Claire. « Mon grand-père m'a parlé d'un ancien dialecte utilisé par les premiers habitants de cette région. Je pense pouvoir en traduire une partie. »

Avec une minutie extrême, Claire commença à déchiffrer les mots, tandis que Lucien et Elias suivaient ses progrès avec attention. Chaque phrase révélait un peu plus du mystère, les rapprochant d'une vérité enfouie depuis des générations.

Après plusieurs heures de travail acharné, Claire leva enfin les yeux, ses traits illuminés par l'excitation. « Je crois que j'ai trouvé quelque chose. Il y a un endroit mentionné ici, un ancien sanctuaire dans la forêt, à quelques kilomètres d'ici. »

Elias hocha la tête. « Mon père parlait souvent de ce sanctuaire. Il disait que c'était là que tout avait commencé. »

Lucien se redressa, son regard brillant d'une nouvelle détermination. « Alors c'est là que nous devons aller. Le mystère de cette montre ne sera pas résolu en restant ici. »

Elias, Claire et Lucien échangèrent un regard solennel. Ils savaient que leur quête serait périlleuse, mais la promesse de découvrir la vérité et de lever la malédiction les motivait plus que tout.

Le soir tombait sur Solitude, enveloppant le village dans une pénombre douce. Les trois compagnons se préparèrent à partir dès l'aube, déterminés à affronter les secrets du passé et à trouver le sanctuaire caché. Le tic-tac régulier de la montre résonnait comme un écho lointain de leurs pas à venir, guidant leur chemin vers l'inconnu.

Chapitre 2 : La montre à secret

Les premières lueurs de l'aube perçaient à peine l'horizon lorsque Lucien, Claire et Elias se retrouvèrent devant l'atelier de l'horloger. La brume matinale enveloppait le village de Solitude d'une atmosphère mystérieuse, et le silence n'était brisé que par le chant des oiseaux. Chacun portait un sac contenant des provisions, des lampes, et des outils nécessaires pour leur exploration.

« Est-ce que tout le monde est prêt ? » demanda Lucien en ajustant son manteau.

Claire hocha la tête, ses yeux brillants de détermination. Elias, de son côté, vérifia une dernière fois les documents de son père avant de les ranger soigneusement dans son sac.

« Alors partons, » déclara Elias. « Le sanctuaire nous attend. »

Ils prirent le chemin de la forêt, guidés par les indices contenus dans les anciens écrits. La forêt de Solitude était dense et mystérieuse, ses arbres centenaires formant une canopée épaisse qui filtrant la lumière du soleil en un doux éclat vert. Le sentier était à peine visible, envahi par les fougères et les racines tortueuses.

Lucien, en tête, avançait prudemment, chaque pas mesuré pour éviter les pièges naturels du terrain. Claire, juste derrière lui, tenait une carte rudimentaire qu'elle avait dessinée en se basant sur les documents d'Elias. Elias fermait la marche, ses pensées tournées vers les mystères qu'ils allaient découvrir.

Après plusieurs heures de marche silencieuse, ponctuée seulement par le bruissement des feuilles et le craquement des branches sous leurs pieds, ils arrivèrent devant une clairière. Au centre se dressait une ancienne structure en pierre, partiellement recouverte de mousse et de végétation. Le sanctuaire.

« C'est ici, » murmura Elias. « Le sanctuaire du Temps. »

Ils s'approchèrent prudemment, examinant les gravures et les symboles qui ornaient les pierres. Claire sortit les documents et commença à comparer les inscriptions avec les notes de son grand-père.

« Ces symboles correspondent à ceux de la montre, » remarqua-t-elle en pointant du doigt une série de gravures. « Il y a une sorte de correspondance entre eux. »

Lucien sortit la montre de sa poche et l'observa attentivement. Il sentit une étrange connexion entre l'objet et le sanctuaire, comme si la montre elle-même vibrait en présence de ces anciennes pierres.

« Regardez ici, » dit Elias en découvrant une niche dans le mur du sanctuaire. « Il semble que quelque chose doit être placé ici. »

Claire et Lucien se penchèrent pour examiner la niche. Elle était taillée avec précision, parfaitement adaptée pour accueillir la montre. Lucien, après un moment d'hésitation, plaça la montre dans la niche.

Un silence s'installa, lourd et chargé de tension. Puis, un léger cliquetis résonna, suivi d'un grondement sourd. Les pierres du sanctuaire commencèrent à bouger, révélant un passage secret qui s'enfonçait dans le sol.

« Incroyable, » souffla Claire. « La montre est la clé. »

Elias récupéra la montre et la rangea précieusement dans sa poche. « Nous devons descendre. Le trésor et la vérité se trouvent en bas. »

Lucien alluma une lampe à huile, éclairant le passage sombre qui s'ouvrait devant eux. Ils descendirent prudemment les marches en pierre, une à une, leurs pas résonnant dans l'étroit couloir. Les murs étaient ornés de fresques racontant des histoires anciennes, des légendes de trésors et de malédictions.

Après une descente qui leur parut interminable, ils arrivèrent dans une vaste salle souterraine. Au centre, un piédestal de pierre supportait un coffre orné de symboles similaires à ceux de la montre.

« Nous y sommes, » murmura Elias en s'approchant du coffre. « Le trésor de mon père. »

Lucien et Claire observèrent avec une fascination mêlée d'appréhension tandis qu'Elias s'agenouillait devant le coffre. Il sortit la montre et l'inséra dans une encoche sur le couvercle. Le coffre s'ouvrit avec un déclic, révélant un contenu étonnamment simple : un livre ancien et une petite clé en argent.

« Un livre ? » s'étonna Claire. « Où est le trésor ? »

Elias prit le livre et l'ouvrit, ses yeux parcourant les pages avec une intensité croissante. « Ce livre contient des secrets bien plus précieux que l'or ou les bijoux. Il parle d'un savoir ancien, de pouvoirs oubliés... et de la manière de lever la malédiction. »

Lucien se pencha pour lire par-dessus l'épaule d'Elias. « Alors, tout ceci était pour découvrir ce savoir ? »

Elias hocha la tête, son visage grave. « Oui. Mais cela signifie aussi que notre quête ne fait que commencer. Nous devons comprendre ces écrits et utiliser la clé pour découvrir le véritable trésor : la liberté du village de Solitude. »

Claire prit une profonde inspiration, sentant le poids de la responsabilité qui leur incombait. « Alors, allons-y. Découvrons la vérité et libérons notre village. »

Leur détermination renouvelée, ils quittèrent la salle souterraine, le livre et la clé en main, prêts à affronter les épreuves à venir. La montre à secrets avait révélé une partie de son mystère, mais leur aventure ne faisait que commencer.

De retour au village de Solitude, Lucien, Claire, et Elias s'installèrent dans l'atelier de l'horloger, transformé en centre de recherche improvisé. La lumière vacillante des lampes à huile éclairait les visages concentrés des trois compagnons alors qu'ils étudiaient le livre ancien découvert dans le sanctuaire. Les pages, jaunies par le temps, étaient couvertes de symboles et d'écritures dans une langue presque oubliée.

« Il faut commencer par traduire ce texte, » dit Claire, déterminée. « Cela pourrait prendre des jours, mais c'est notre seule piste. »

Elias hocha la tête, sortant une loupe et des feuilles de papier pour prendre des notes. Lucien, avec son expertise en mécanismes complexes, apporta son aide en essayant de déchiffrer les motifs et les séquences répétitives dans les symboles.

« Regardez ici, » dit Lucien en pointant un passage spécifique. « Ces symboles ressemblent à ceux que nous avons vus dans la salle souterraine. Peut-être qu'ils décrivent une sorte de rituel ou de procédure. »

Claire se pencha sur le passage, ses yeux parcourant rapidement les symboles. « Cela parle d'un lieu sacré, d'une cérémonie pour lever la malédiction. Mais il manque des parties cruciales. »

Elias soupira, se massant les tempes. « Il nous faut plus d'informations. Mon père mentionnait souvent un vieux sage vivant à l'orée de la forêt, quelqu'un qui connaissait les anciennes légendes mieux que quiconque. Peut-être pourrait-il nous aider à combler les lacunes. »

Lucien acquiesça. « Allons le voir demain à la première heure. En attendant, continuons de travailler sur ce que nous pouvons comprendre. »

La nuit passa rapidement, chaque minute consacrée à l'étude des anciens écrits. Lorsque l'aube se leva, les trois compagnons, épuisés mais déterminés, prirent le chemin de la maison du sage. La route serpentait à travers la forêt dense, chaque pas rapprochant un peu plus les secrets du passé.

Ils atteignirent enfin une petite cabane, presque cachée par les arbres et la végétation. Un vieil homme, vêtu de vêtements simples et portant une longue barbe blanche, se tenait devant, les attendant comme s'il avait pressenti leur visite.

« Soyez les bienvenus, » dit-il avec une voix rauque mais chaleureuse. « Je suis Maître Orin. Vous venez chercher des réponses, n'est-ce pas ? »

Elias prit la parole. « Oui, Maître Orin. Nous avons découvert un ancien livre et nous pensons qu'il contient les clés pour lever une malédiction. Nous avons besoin de votre aide pour le déchiffrer. »

Orin les fit entrer dans sa cabane, un espace modeste rempli de parchemins, de livres et d'objets anciens. Il examina attentivement le livre, ses yeux s'illuminant à la vue des symboles.

« Ah, le Livre des Ancêtres, » murmura-t-il. « Cela fait des décennies que je n'ai pas vu ces écrits. Ce livre raconte l'histoire des premiers habitants de cette région et des secrets qu'ils ont laissés derrière eux. »

Claire, impatiente, demanda : « Pouvez-vous nous aider à comprendre comment lever la malédiction mentionnée dans ce livre ? »

Orin hocha la tête. « Oui, mais ce ne sera pas facile. La malédiction est liée à un ancien rituel, nécessitant des artefacts précis et une compréhension profonde des symboles et de leurs significations. »

Lucien sortit la montre et la clé. « Nous avons trouvé ceci dans le sanctuaire. La montre semble être la clé pour accéder au rituel. »

Orin prit la montre avec une grande précaution, l'examinant sous la lumière de la lampe. « En effet, cette montre est spéciale. Elle est conçue pour synchroniser avec les énergies du sanctuaire. La clé, quant à elle, est destinée à ouvrir un artefact particulier, probablement un coffre contenant les derniers éléments nécessaires pour le rituel. »

Elias se redressa, l'espoir renouvelé. « Alors, où devons-nous aller maintenant ? »

Orin réfléchit un instant. « Il y a une autre grotte, plus profonde dans la forêt, où les anciens conservaient leurs artefacts les plus précieux. Vous devez y aller et trouver le coffre que cette clé peut ouvrir. »

Claire, Lucien et Elias échangèrent un regard déterminé. Ils savaient que leur quête serait périlleuse, mais la promesse de lever la malédiction et de découvrir les secrets du passé les motivait plus que tout.

« Merci, Maître Orin, » dit Elias en s'inclinant légèrement. « Nous partirons immédiatement. »

Orin les salua avec un sourire bienveillant. « Que les anciens vous guident. Soyez prudents. »

Ils quittèrent la cabane du sage et reprirent leur chemin à travers la forêt. Le chant des oiseaux et le murmure du vent dans les arbres accompagnaient leurs pas. Leurs cœurs étaient lourds de responsabilités, mais emplis d'une détermination inébranlable.

Après plusieurs heures de marche, ils arrivèrent enfin devant une imposante grotte, son entrée sombre et menaçante. Lucien alluma une lampe, projetant une lumière vacillante sur les parois rocheuses.

« C'est ici, » murmura Claire. « Le trésor des anciens nous attend. »

Elias brandit la clé en argent. « Allons trouver ce coffre et lever la malédiction une fois pour toutes. »

Avec une dernière inspiration profonde, ils pénétrèrent dans les ténèbres de la grotte, prêts à affronter les épreuves qui les attendaient et à découvrir les vérités cachées de Solitude.

Chapitre 3 : La grotte des Ancêtres

Les ténèbres engloutirent Lucien, Claire et Elias dès qu'ils pénétrèrent dans la grotte. La lumière de leur lampe à huile vacillait, projetant des ombres inquiétantes sur les parois rocheuses. Le silence était seulement brisé par le goutte-à-goutte régulier de l'eau s'infiltrant à travers la pierre.

« Restez proches, » murmura Lucien en avançant prudemment. « Nous ne savons pas ce qui nous attend à l'intérieur. »

Claire, tenant fermement la carte et les notes d'Elias, essayait de déchiffrer les symboles gravés sur les murs. « Ces inscriptions semblent raconter l'histoire des anciens habitants. Peut-être que nous trouverons des indices sur l'emplacement du coffre. »

Elias, la clé en argent dans une main, gardait un œil attentif sur les environs. « Mon père disait que la grotte était protégée par des pièges et des énigmes. Restons vigilants. »

Ils progressèrent lentement, leurs pas résonnant dans l'obscurité. Après plusieurs minutes, ils atteignirent une grande salle souterraine, où les parois étaient couvertes de fresques détaillées. Au centre, un autel en pierre portait des inscriptions similaires à celles de la montre.

« Regardez, » dit Claire en pointant l'autel. « Ces symboles correspondent à ceux du livre. »

Elias s'approcha de l'autel, examinant attentivement les gravures. « Il y a une encoche ici, probablement pour la clé. »

Lucien hocha la tête. « Essayons. »

Elias inséra la clé en argent dans l'encoche. Un clic résonna, suivi d'un grondement sourd. Le sol trembla légèrement, et une trappe secrète s'ouvrit devant eux, révélant un escalier descendant plus profondément dans la grotte.

« Nous sommes sur la bonne voie, » murmura Elias, sa voix teintée d'excitation et d'appréhension.

Ils descendirent prudemment l'escalier, la lumière de leur lampe révélant des inscriptions de plus en plus complexes. En bas, ils se trouvèrent dans une petite salle circulaire, au centre de laquelle se trouvait un coffre en pierre magnifiquement sculpté.

« C'est lui, » chuchota Claire. « Le coffre des anciens. »

Lucien, les mains légèrement tremblantes, sortit la montre et la plaça dans une nouvelle encoche sur le couvercle du coffre. Un mécanisme complexe se mit en marche, et le couvercle s'ouvrit lentement, dévoilant son contenu.

À l'intérieur du coffre se trouvait un cristal lumineux, émettant une douce lueur bleutée, ainsi qu'un parchemin ancien soigneusement enroulé. Elias prit le parchemin et le déroula avec précaution, ses yeux parcourant rapidement les lignes écrites en une langue ancienne.

« C'est une carte, » dit-il finalement. « Une carte menant à l'emplacement exact du rituel de levée de la malédiction. »

Claire, fascinée par le cristal, le souleva délicatement. « Ce cristal doit être un artefact essentiel pour le rituel. Il semble contenir une énergie puissante. »

Lucien, observant le parchemin et le cristal, sentit une nouvelle vague de détermination. « Alors, nous avons tout ce qu'il nous faut. Revenons au village et préparons-nous pour le rituel. Nous devons lever cette malédiction et libérer Solitude de son passé. »

Elias et Claire acquiescèrent, leur résolution renforcée par cette découverte. Ils replacèrent soigneusement la montre dans le coffre et prirent le chemin du retour, le parchemin et le cristal précieusement gardés. La lumière de leur lampe éclairait leur chemin, symbole de l'espoir et de la vérité qu'ils allaient apporter à leur village.

De retour à Solitude, ils furent accueillis par les regards inquiets mais curieux des villageois. Lucien, Claire et Elias se dirigèrent directement vers l'atelier, où ils commencèrent à préparer le rituel. Les villageois, pressentant l'importance de l'événement, se rassemblèrent autour de l'atelier, murmurant entre eux.

« Nous devons être prêts pour ce soir, » dit Elias en dépliant la carte sur la table. « Le rituel doit se dérouler sous la lumière de la pleine lune. »

Claire, tenant le cristal, se tourna vers Lucien. « Avez-vous déjà vu quelque chose d'aussi beau ? »

Lucien sourit légèrement. « Non, mais ce cristal représente plus que sa beauté. Il contient l'énergie de générations passées, l'espoir de notre village. »

Alors que la nuit tombait sur Solitude, les trois compagnons étaient prêts. Le sanctuaire du village, éclairé par la lumière de la pleine lune, les attendait. Les villageois, silencieux et respectueux, observaient de loin, conscients de la solennité du moment.

Lucien, Claire et Elias se placèrent autour de l'autel, le cristal brillant entre leurs mains. Elias déroula le parchemin et commença à réciter les incantations anciennes, sa voix résonnant dans la nuit.

Le cristal s'illumina de plus en plus intensément, projetant une lumière bleutée sur le sanctuaire. Les symboles gravés dans la pierre commencèrent à briller, répondant à l'énergie du cristal. Une brise légère se leva, portant avec elle les murmures des anciens.

Puis, dans un éclat de lumière aveuglante, le rituel atteignit son apogée. Le cristal éclata en une myriade de fragments lumineux, dissipant les ténèbres et la malédiction qui pesaient sur Solitude.

Le silence retomba, lourd et chargé de la magie qui venait de se dérouler. Les villageois retinrent leur souffle, attendant de voir les effets de l'incantation.

Elias, Claire et Lucien se regardèrent, épuisés mais remplis d'une profonde satisfaction. Ils savaient que quelque chose avait changé, que la malédiction était levée.

Les villageois s'avancèrent lentement, leurs visages exprimant une gratitude immense. Le chef du village s'inclina profondément devant les trois compagnons.

« Vous avez libéré Solitude de son passé sombre, » dit-il avec émotion. « Nous vous en serons éternellement reconnaissants. »

Lucien, ému, répondit doucement. « Ce n'est que le début d'une nouvelle ère pour notre village. Ensemble, nous construirons un avenir meilleur. »

La nuit continua, mais cette fois, les ténèbres semblaient moins oppressantes. Le village de Solitude avait retrouvé son nom, non plus comme une malédiction, mais comme un symbole de paix et de rédemption.

Le lever du soleil sur Solitude apporta une lumière nouvelle et vibrante. Les villageois se réveillèrent avec un sentiment de renouveau, une légèreté dans l'air qui n'avait pas été ressentie depuis des générations. La malédiction qui avait pesé sur eux pendant si longtemps était enfin levée, et l'avenir semblait rempli de promesses.

Lucien, Claire et Elias, après une courte nuit de sommeil, se retrouvèrent à nouveau dans l'atelier de l'horloger. Le sanctuaire avait révélé ses secrets, mais leur quête n'était pas encore terminée. Ils savaient qu'ils devaient maintenant comprendre et utiliser le savoir contenu dans le livre des anciens pour guider le village vers une nouvelle prospérité.

« Regardez ceci, » dit Claire en pointant une page du livre des anciens. « Maintenant que nous avons levé la malédiction, ces inscriptions deviennent plus claires. Elles parlent de techniques anciennes pour cultiver la terre et gérer les ressources de manière durable. »

Elias, examinant attentivement le texte, hocha la tête. « Oui, et ici il y a des mentions de rituels pour protéger les récoltes et garantir des saisons fertiles. Ce savoir pourrait transformer notre village. »

Lucien, toujours en train de réparer une horloge ancienne, leva les yeux. « Nous devons partager ces connaissances avec tout le monde. Solitude peut redevenir un centre de savoir et de prospérité. »

Ils décidèrent d'organiser une grande assemblée dans la place centrale du village. Les villageois, encore émus par les événements de la veille, se rassemblèrent rapidement, impatients de découvrir ce que leurs trois héros avaient à partager.

Elias prit la parole, sa voix claire et assurée. « Mes amis, nous avons levé la malédiction qui pesait sur nous. Mais ce n'est que le début. Ce livre des anciens contient des secrets et des savoirs qui peuvent nous aider à construire un avenir meilleur. Nous devons apprendre ensemble et utiliser cette sagesse pour transformer Solitude en un lieu de prospérité et de paix. »

Les villageois écoutaient attentivement, leurs visages reflétant l'espoir et la détermination. Claire prit le relais, expliquant les techniques de culture et de gestion des ressources. Lucien ajouta ses connaissances sur la mécanique et les horloges, proposant des moyens de créer des outils et des machines pour faciliter leur travail quotidien.

La journée se poursuivit avec des ateliers et des discussions, les villageois travaillant ensemble pour comprendre et intégrer ces nouvelles connaissances. Solitude, autrefois plongé dans l'obscurité et la superstition, renaissait comme un centre de collaboration et d'innovation.

Au fil des semaines, les changements devinrent visibles. Les champs, autrefois stériles, commencèrent à fleurir grâce aux nouvelles techniques de culture. Les artisans, inspirés par les enseignements de Lucien, créèrent des outils et des machines qui augmentèrent l'efficacité du travail. Les rituels anciens, pratiqués avec respect et précision, semblèrent apporter une protection et une fertilité renouvelées à leurs terres.

Un jour, alors que Lucien travaillait dans son atelier, il reçut la visite d'un messager du village voisin. Le messager, un homme d'âge moyen au regard sérieux, portait une lettre scellée.

« Lucien, » dit-il en tendant la lettre, « je viens du village de Clairval. Nous avons entendu parler de vos exploits et des transformations à Solitude. Notre village fait face à des défis similaires, et nous vous demandons de nous aider à lever notre propre malédiction. »

Lucien prit la lettre, un sentiment de responsabilité et d'excitation le traversant. Il savait que leur travail à Solitude n'était que le début d'une mission plus grande.

« Je vais en parler à Claire et Elias, » répondit-il. « Nous viendrons dès que possible. »

Le messager s'inclina profondément. « Merci. Nous attendrons avec impatience votre arrivée. »

Lucien ferma la porte de son atelier, réfléchissant aux prochaines étapes. Leur succès à Solitude leur avait donné non seulement les compétences, mais aussi la confiance nécessaire pour aider d'autres villages à surmonter leurs propres défis.

Cette nouvelle mission les mènerait au-delà des frontières de Solitude, les confrontant à de nouveaux mystères et à de nouvelles malédictions à lever. Mais ils savaient qu'ensemble, armés du savoir des anciens et de leur détermination, ils pourraient accomplir de grandes choses.

Lucien rejoignit Claire et Elias, partageant avec eux la demande du village voisin. Leur regard s'illumina à l'idée de cette nouvelle aventure, prêts à poursuivre leur quête pour apporter lumière et espoir à d'autres communautés.

Le départ de Lucien, Claire et Elias pour le village de Clairval fut empreint d'une solennité qui contrastait avec l'enthousiasme palpable des villageois de Solitude. Solitude avait retrouvé la lumière, mais maintenant, une nouvelle quête s'ouvrait devant eux, pleine de défis et de mystères.

Le voyage jusqu'à Clairval dura deux jours. Les paysages changeaient progressivement, passant des forêts denses de Solitude aux collines verdoyantes qui entouraient Clairval. Le soleil était haut dans le ciel lorsque les trois compagnons aperçurent enfin le village, niché dans une vallée paisible mais empreinte d'une étrange tranquillité.

À leur arrivée, ils furent accueillis par le chef du village, un homme d'âge mûr nommé Bertrand, qui les conduisit immédiatement à la place centrale où les villageois attendaient avec impatience.

« Merci d'avoir répondu à notre appel, » dit Bertrand, sa voix remplie de gratitude et de fatigue. « Notre village est en proie à une malédiction qui assèche nos sources et rend nos terres infertiles. Nous avons entendu parler de votre succès à Solitude et espérons que vous pourrez nous aider. »

Elias, portant le livre des anciens, prit la parole. « Nous ferons tout notre possible. Mais nous aurons besoin de comprendre l'origine de cette malédiction. Y a-t-il des histoires ou des légendes qui pourraient nous éclairer ? »

Bertrand les conduisit à une maison modeste mais bien entretenue, où une vieille femme les attendait. Elle était la gardienne des légendes de Clairval, une conteuse du nom de Yvette.

« Venez, » dit Yvette d'une voix douce mais autoritaire. « Je vais vous raconter l'histoire de notre village et de la malédiction qui le frappe. »

Ils s'assirent autour d'une table, et Yvette commença à raconter. « Il y a longtemps, Clairval était prospère, ses terres fertiles et ses sources abondantes. Mais un jour, un étranger est arrivé, portant avec lui une étrange pierre noire. Il disait qu'elle apporterait richesse et protection. Les anciens, méfiants, ont refusé son offre. L'étranger, en colère, a jeté une malédiction sur notre village, et depuis ce jour, nos terres ont commencé à mourir. »

Claire, attentive, demanda : « Que sait-on de cette pierre noire ? A-t-elle des propriétés particulières ? »

Yvette hocha la tête. « La pierre noire est gardée dans une grotte sacrée, à l'est du village. Certains disent qu'elle est vivante, qu'elle pulse d'une énergie maléfique. Personne n'ose s'en approcher. »

Lucien échangea un regard déterminé avec ses compagnons. « Nous devons voir cette pierre. Peut-être que le savoir des anciens nous aidera à comprendre comment lever cette malédiction. »

Le chef Bertrand leur assigna un guide, un jeune homme nommé Julien, pour les conduire à la grotte. La grotte était cachée dans une petite colline, son entrée obscurcie par des buissons épineux et des ronces. Julien les mena jusqu'à l'entrée, s'arrêtant à une distance respectueuse.

« Je ne peux pas aller plus loin, » dit-il avec un mélange de peur et de respect. « La légende dit que ceux qui s'approchent trop près de la pierre noire n'en reviennent jamais. »

Lucien hocha la tête. « Nous comprenons. Merci de nous avoir conduits ici. »

Julien s'éloigna rapidement, laissant les trois compagnons seuls face à l'entrée de la grotte. Ils allumèrent leurs lampes à huile et pénétrèrent dans les ténèbres, leur lumière vacillante projetant des ombres inquiétantes sur les parois rocheuses.

La grotte était froide et humide, ses murs couverts de mousse et de moisissures. Au bout d'un long couloir sinueux, ils atteignirent enfin une salle centrale. Au milieu de la salle se trouvait un piédestal de pierre, sur lequel reposait la fameuse pierre noire.

Claire s'approcha prudemment. La pierre semblait absorber la lumière de leurs lampes, projetant une aura sombre et oppressante. « C'est étrange, » murmura-t-elle. « Je sens une énergie palpable émaner de cette pierre. »

Elias ouvrit le livre des anciens, cherchant des références à de telles pierres. « Il y a une mention ici d'une pierre maudite utilisée par des sorciers pour canaliser des énergies sombres. Elle doit être neutralisée par un rituel de purification. »

Lucien observa la pierre, ses engrenages mentaux tournant rapidement. « Nous devons trouver les composants pour ce rituel.

Yvette ou Bertrand pourraient nous aider à identifier ce dont nous avons besoin. »

Ils retournèrent au village, où ils expliquèrent leur découverte à Yvette et Bertrand. Yvette, après avoir écouté attentivement, se leva lentement. « Je connais le rituel dont vous parlez. Il nécessite des herbes rares et une source d'eau pure, parmi d'autres éléments. Je vais vous aider à les trouver. »

Les jours suivants furent consacrés à la collecte des ingrédients nécessaires. Claire et Elias parcoururent les collines et les forêts environnantes, guidés par Yvette et quelques villageois, tandis que Lucien préparait l'atelier pour le rituel, ajustant chaque détail avec une précision méticuleuse.

Lorsque tous les ingrédients furent rassemblés, les villageois se réunirent à la grotte. Yvette commença à réciter les incantations anciennes, sa voix résonnant dans l'air lourd de la grotte. Claire et Elias disposèrent les herbes et les autres composants autour de la pierre noire, suivant les instructions du livre.

Lucien, tenant le cristal découvert à Solitude, s'approcha du piédestal. Le cristal semblait réagir à la présence de la pierre noire, émettant une lumière douce et apaisante. Lucien plaça le cristal au centre du cercle de purification.

Un silence tendu s'installa, suivi d'une vibration subtile. La pierre noire commença à pulser plus rapidement, comme si elle luttait contre l'énergie du rituel. Mais peu à peu, la lumière du cristal l'emporta, enveloppant la pierre dans une aura blanche purificatrice.

Avec un dernier éclat de lumière, la pierre noire se fissura et se désintégra en poussière fine, dissipant l'énergie maléfique qui l'habitait. Le rituel avait réussi. La malédiction était levée.

Les villageois, témoins du miracle, éclatèrent de joie et de gratitude. Bertrand s'approcha des trois compagnons, ses yeux brillants de larmes. « Vous avez sauvé Clairval. Nous ne pourrons jamais vous remercier assez. »

Lucien, Claire et Elias sourirent, fatigués mais heureux. « C'est notre devoir et notre honneur, » répondit Elias. « Nous continuerons à aider ceux qui en ont besoin, partout où notre chemin nous mènera. »

Alors que le soleil se couchait sur Clairval, les trois amis se retrouvèrent dans une clairière, savourant un moment de paix bien mérité. La lumière dorée du crépuscule baignait le paysage, symbole d'un nouveau départ pour le village et pour eux-mêmes.

Ils savaient que leur voyage ne faisait que commencer. De nombreux villages, de nombreuses quêtes les attendaient encore. Mais pour l'instant, ils savouraient la victoire et la promesse d'un avenir meilleur.

Chapitre 4 : Le chemin de l'inconnu

Après avoir quitté Clairval, Lucien, Claire et Elias se retrouvèrent sur la route, leur prochaine destination incertaine mais leur détermination inébranlable. Ils avaient réussi à lever les malédictions qui pesaient sur Solitude et Clairval, mais ils savaient que d'autres villages avaient besoin de leur aide.

Le voyage était ponctué de discussions animées sur les prochaines étapes de leur quête. Ils savaient qu'ils devaient d'abord se réapprovisionner en provisions et en matériaux avant de poursuivre leur chemin vers de nouveaux horizons.

Après plusieurs jours de voyage, ils atteignirent enfin une petite ville commerçante, où ils firent halte pour se reposer et se ravitailler. La ville était animée de l'activité incessante des marchands et des voyageurs, offrant une pause bienvenue après les défis des semaines précédentes.

Alors qu'ils se promenaient dans les rues pavées, ils furent abordés par un vieil homme, son visage buriné par les années mais son regard vif et malicieux.

« Excusez-moi, » dit-il d'une voix éraillée. « J'ai entendu parler de vos exploits à Solitude et à Clairval. Vous êtes les légendaires leviers de malédictions, n'est-ce pas ? »

Lucien, Claire et Elias échangèrent un regard surpris mais amusé. « Vous pourriez dire ça, » répondit Elias. « Nous avons eu la chance de pouvoir aider ces villages dans le besoin. »

Le vieil homme sourit largement, révélant une rangée de dents jaunies. « J'ai un petit village à quelques jours d'ici, nommé Havrebois. Nous avons des problèmes similaires à ceux de Solitude et de Clairval. Pensez-vous pouvoir nous aider ? »

Lucien, Claire et Elias échangèrent un regard complice. « Nous serions honorés de vous aider, » répondit Lucien. « Quand pouvons-nous partir ? »

Le vieil homme sourit de plus belle. « Tout de suite, si vous le voulez bien. Nous avons besoin de toute l'aide que nous pouvons obtenir. »

Sans plus tarder, Lucien, Claire et Elias se mirent en route vers Havrebois, guidés par le vieil homme dont le nom s'avéra être Grégoire. Le voyage fut marqué par des conversations animées avec Grégoire, qui partageait des histoires et des légendes sur la région et sur les défis auxquels Havrebois était confronté.

Lorsqu'ils arrivèrent enfin à Havrebois, ils furent accueillis par une atmosphère de désespoir. Le village était en proie à une sécheresse persistante, ses terres stériles et ses habitants affaiblis par le manque de ressources.

Grégoire les conduisit directement au chef du village, un homme sage et résolu du nom d'Alaric. Alaric les accueillit chaleureusement mais avec une pointe de désespoir dans les yeux.

« Merci d'être venus, » dit-il d'une voix grave. « Notre village dépérit, nos cultures se dessèchent et nos sources se tarissent. Nous avons entendu parler de vos succès à Solitude et à Clairval, et nous espérons que vous pourrez nous aider. »

Lucien, Claire et Elias écoutèrent attentivement les défis auxquels Havrebois était confronté, échangeant des regards déterminés.

« Nous ferons tout notre possible pour vous aider, » dit Claire, sa voix empreinte de compassion. « Mais d'abord, nous devons comprendre ce qui cause cette sécheresse. »

Alaric hocha la tête. « Suivez-moi. Je vous montrerai nos sources et nos terres asséchées. Peut-être que vous pourrez trouver une solution là où nous avons échoué. »

Les trois compagnons suivirent Alaric à travers les champs brûlés par le soleil et les chemins poussiéreux jusqu'à une source autrefois abondante, maintenant réduite à un mince filet d'eau.

Lucien examina les environs, son esprit analytique en action. « Il y a quelque chose qui obstrue le cours de l'eau, » murmura-t-il. « Nous devons trouver la source du blocage. »

Ils explorèrent les environs, finalement découvrant un barrage improvisé construit par des troncs d'arbres tombés et des rochers. Claire examina les matériaux de construction avec un regard critique.

« C'est un travail humain, » dit-elle. « Quelqu'un a intentionnellement bloqué le cours de l'eau pour priver le village de ses ressources. »

Elias fronça les sourcils, son visage durci par la colère. « Qui pourrait faire une chose pareille ? »

Alaric secoua la tête avec tristesse. « Il y a des rumeurs de bandits dans la région,

Les rumeurs de bandits dans la région jetèrent une ombre sombre sur Havrebois. Les habitants étaient déjà aux prises avec la sécheresse, et maintenant ils devaient également faire face à la menace des pillards qui semaient le chaos et la destruction.

Lucien, Claire et Elias se réunirent avec Alaric et Grégoire pour élaborer un plan visant à protéger le village des bandits et à lever la malédiction de la sécheresse. Ils savaient que les deux problèmes étaient étroitement liés et qu'ils devaient être résolus simultanément.

« Nous devons d'abord neutraliser la menace des bandits, » dit Elias d'une voix ferme. « Sinon, tout progrès que nous ferons pour lever la malédiction sera compromis. »

Alaric acquiesça, son visage marqué par la détermination. « Nous sommes prêts à nous battre pour protéger notre village, mais nous avons besoin de votre aide pour élaborer une stratégie efficace. »

Lucien réfléchit rapidement. « Les bandits comptent sur le facteur surprise. Nous devons les anticiper. Je propose de mettre en place des patrouilles nocturnes et de renforcer les défenses du village. »

Claire ajouta : « Pendant ce temps, nous devrions également continuer à rechercher la source de la sécheresse. Il est possible que les bandits aient un intérêt particulier à bloquer nos sources d'eau. »

Les plans furent mis en œuvre rapidement. Les villageois, guidés par Lucien, renforcèrent les défenses du village, installant des barricades et organisant des patrouilles nocturnes pour surveiller les environs. Pendant ce temps, Claire et Elias poursuivirent leurs recherches sur la cause de la sécheresse, explorant les terres environnantes à la recherche de réponses.

Leur quête les mena à une ancienne forêt, dont les arbres majestueux semblaient garder des secrets millénaires. Alors qu'ils s'enfonçaient plus profondément dans la forêt, ils découvrirent un ancien autel, caché parmi les arbres.

« Regardez ça, » dit Elias, pointant du doigt l'autel. « C'est semblable à ceux que nous avons vus à Solitude et à Clairval. Il doit y avoir un lien. »

Claire s'approcha de l'autel, examinant les inscriptions gravées dans la pierre. « Ces symboles sont anciens, même plus anciens que ceux que nous avons vus auparavant. Ils pourraient contenir des indices sur la source de la sécheresse. »

Lucien acquiesça, son esprit analytique en action. « Nous devons étudier ces inscriptions de plus près. Elles pourraient contenir la clé pour lever la malédiction. »

Pendant des heures, ils étudièrent les inscriptions, comparant les symboles avec ceux du livre des anciens. Peu à peu, une image commença à se former dans leur esprit, révélant une ancienne légende oubliée depuis longtemps.

« C'est incroyable, » murmura Claire. « Cette forêt était autrefois le foyer d'un ancien peuple qui vénérait les éléments naturels. Ils ont réalisé des rituels pour maintenir l'équilibre de la nature. »

Elias hocha la tête, captivé par la découverte. « Mais quelque chose a mal tourné. Un des rituels a été perturbé, provoquant une disharmonie dans les éléments et une sécheresse qui a affecté la région depuis des siècles. »

Lucien regarda autour de lui, sentant la puissance de l'endroit. « Nous devons rétablir l'équilibre, » dit-il d'une voix déterminée. « Nous devons terminer le rituel et apaiser les esprits de cette forêt. »

Ils travaillèrent sans relâche, préparant l'autel et collectant les offrandes nécessaires pour terminer le rituel. Les villageois de Havrebois, inspirés par leur détermination, se joignirent à eux, offrant leur aide pour restaurer l'équilibre naturel de la région.

Enfin, le jour du rituel arriva. Les villageois se rassemblèrent dans la forêt, leurs cœurs remplis d'espoir et de foi en l'avenir. Lucien, Claire et Elias dirigèrent le rituel, récitant les incantations anciennes et offrant les offrandes à la nature.

Alors que le rituel atteignait son apogée, une énergie puissante se déchaîna, enveloppant la forêt dans une lumière dorée. Les éléments se calmèrent, les oiseaux chantèrent et une brise fraîche souffla à travers les arbres.

Les villageois de Havrebois regardèrent avec émerveillement, sachant que quelque chose de magique et de profond venait de se produire. La sécheresse avait pris fin, les sources jaillissaient à nouveau et les terres redevenaient fertiles.

Alaric s'approcha de Lucien, Claire et Elias, ses yeux brillant d'admiration et de gratitude. « Vous avez sauvé notre village, » dit-il d'une voix émue. « Vous êtes de véritables héros. »

Lucien sourit humblement, ses pensées tournées vers l'avenir. « Havrebois est un village fort et résilient. Nous sommes honorés d'avoir pu vous aider à retrouver votre prospérité. »

Le village célébra longuement dans la soirée, leurs cœurs légers et remplis de gratitude envers leurs sauveurs. Lucien, Claire et Elias se tinrent ensemble, observant le village illuminé par la lueur des feux de joie, sachant que leur mission était loin d'être terminée.

Chapitre 5 : Les Murmures des Anciens

Après avoir sauvé Havrebois de la sécheresse et des bandits, Lucien, Claire et Elias reprirent la route, leur quête pour aider les villages dans le besoin les menant vers de nouveaux horizons. Mais alors qu'ils avançaient, une sensation étrange commença à les envelopper, comme si une force mystérieuse les attirait vers une destination inconnue.

Ils se retrouvèrent bientôt dans une vaste plaine, où le vent soufflait doucement à travers les herbes hautes. Au loin, ils aperçurent une silhouette imposante : une ancienne tour, dressée solennellement contre le ciel. Une aura de mystère émanait de la tour, appelant nos héros à s'approcher.

« Qu'est-ce que c'est que cela ? » murmura Claire, ses yeux brillant d'excitation. « Une tour oubliée depuis longtemps, peut-être ? »

Lucien sentit une étrange énergie pénétrer son être. « Nous devons découvrir ce qui se cache dans cette tour, » dit-il d'une voix ferme. « Je sens que notre destin est lié à cet endroit. »

Ils s'approchèrent de la tour, sentant l'air devenir plus épais à chaque pas. Les portes de la tour étaient grandes ouvertes, comme si elles les invitaient à entrer. Avec une certaine appréhension mêlée d'excitation, nos héros franchirent le seuil.

L'intérieur de la tour était sombre et silencieux, ses murs recouverts de poussière et de toiles d'araignée. Ils avancèrent avec prudence, leurs pas résonnant dans le silence oppressant.

Soudain, une voix résonna dans l'obscurité, un murmure lointain portant des échos du passé. « Bienvenue, voyageurs intrépides, » dit la voix, son timbre mystérieux emplissant la pièce. « Vous avez été attendus. »

Lucien, Claire et Elias échangèrent un regard, leur curiosité piquée. « Qui êtes-vous ? » demanda Claire, sa voix tremblante mais ferme.

La voix murmura de nouveau, révélant une histoire ancienne et oubliée. « Je suis l'esprit de cette tour, gardien des secrets des anciens.

Pendant des siècles, j'ai veillé sur ce lieu, attendant le jour où des âmes courageuses viendraient chercher la sagesse et la lumière que renferme cette tour. »

Lucien sentit un frisson lui parcourir l'échine. « Quels secrets renfermez-vous ? »

La voix se tut un instant, puis répondit : « Les secrets des anciens, des connaissances oubliées depuis longtemps mais qui pourraient changer le cours du destin. Vous êtes les élus, les héros destinés à révéler ces secrets et à apporter lumière et espoir là où il y a obscurité et désespoir. »

Les trois compagnons écoutèrent avec émerveillement et appréhension, sachant que leur destin prenait un tournant décisif. Ils étaient prêts à découvrir les mystères de la tour et à embrasser leur rôle en tant que protecteurs et guides de la lumière.

« Montrez-nous le chemin, » dit Elias d'une voix résolue. « Nous sommes prêts à affronter ce qui nous attend. »

La voix murmura son approbation, et soudain, une lumière douce se répandit dans la pièce, éclairant les murs gravés de symboles anciens. Les compagnons savaient que l'aventure ne faisait que commencer, mais ils étaient prêts à affronter les défis qui les attendaient avec courage et détermination.

Alors qu'ils s'avançaient dans les profondeurs de la tour, prêts à découvrir les secrets des anciens, une nouvelle ère de leur quête commença, pleine de mystères, de magie et de promesses. Et ainsi, nos héros plongèrent dans l'inconnu, prêts à affronter tout ce que le destin avait à leur offrir.

La tour ancienne se dressait majestueusement devant Lucien, Claire et Elias, comme un gardien des mystères anciens qui sommeillaient en ses entrailles. Alors qu'ils avançaient dans les profondeurs de la tour, chaque pas résonnait dans le silence solennel, les plongeant dans une atmosphère chargée de mystère et de puissance.

Les murs de la tour étaient ornés de fresques anciennes, dépeignant des scènes de batailles épiques, de rituels sacrés et de créatures mythiques. Les compagnons s'arrêtaient souvent pour étudier les images, cherchant des indices sur les secrets cachés de la tour.

Ils finirent par atteindre une salle circulaire, dont le centre était occupé par un autel de pierre. Sur l'autel reposait un livre ancien, encadré par une lueur mystique.

« C'est là, » murmura Claire, ses yeux brillant d'excitation. « Le livre des anciens. Il doit contenir les réponses que nous cherchons. »

Lucien s'approcha de l'autel, sa main tremblant légèrement alors qu'il saisissait le livre. Une énergie étrange pulsait à travers ses doigts, comme si le livre lui-même était vivant.

Il ouvrit le livre avec précaution, ses yeux parcourant les pages remplies de symboles et d'écritures anciennes. « C'est une langue que je n'ai jamais vue auparavant, » dit-il, sa voix empreinte d'émerveillement. « Mais je peux sentir qu'elle renferme des connaissances profondes et puissantes. »

Les trois compagnons étudièrent le livre pendant des heures, cherchant à déchiffrer ses secrets. Peu à peu, des images commencèrent à se former dans leur esprit, révélant des visions de mondes oubliés et de pouvoirs ancestraux.

« Il semble que ce livre renferme les enseignements des anciens sur la magie et la nature, » murmura Elias, ses yeux brillant d'excitation. « Peut-être qu'en apprenant de ces enseignements, nous pourrons trouver les réponses dont nous avons besoin pour aider ceux dans le besoin. »

Lucien acquiesça, son esprit tourbillonnant d'idées et de possibilités. « Nous devons nous immerger dans ces enseignements, » dit-il. « Nous devons devenir des étudiants de la magie et de la nature, afin de mieux comprendre les défis auxquels nous sommes confrontés et les moyens de les surmonter. »

Les jours se transformèrent en semaines alors que Lucien, Claire et Elias étudiaient le livre des anciens avec dévotion. Ils apprirent les rituels de guérison, les incantations de protection et les secrets de la manipulation des éléments naturels.

Ils pratiquèrent chaque jour, testant leurs compétences et leur compréhension des enseignements anciens. Peu à peu, ils commencèrent à maîtriser la magie, leurs pouvoirs grandissant avec chaque nouvelle découverte.

Mais alors que leurs compétences augmentaient, les défis auxquels ils étaient confrontés devenaient également plus grands. Des créatures sombres et malveillantes commencèrent à émerger des profondeurs de la tour, défiant nos héros avec leur puissance et leur ruse.

Lucien, Claire et Elias firent face à ces défis avec courage et détermination, utilisant leur magie nouvellement acquise pour repousser les assauts des créatures des ténèbres. Chaque bataille était une leçon, chaque victoire renforçant leur lien avec la magie et leur détermination à réussir.

Finalement, après de nombreux défis et épreuves, nos héros atteignirent le sommet de la tour, où ils trouvèrent un portail ancien, brillant d'une lumière mystique.

« C'est le moment de la vérité, » dit Lucien, son cœur battant avec excitation. « Ce portail doit nous mener vers notre prochaine destination, notre prochaine épreuve. »

Les trois compagnons se tinrent la main, leurs esprits unis dans un but commun. Avec un dernier regard déterminé, ils franchirent le portail, plongeant dans l'inconnu avec courage et détermination.

À travers le portail mystique, Lucien, Claire et Elias furent transportés vers un paysage étrange et merveilleux, où le ciel était teinté de couleurs jamais vues auparavant et où les arbres chantaient des mélodies ancestrales. Ils se trouvaient maintenant dans les Terres de l'Oubli, un royaume oublié depuis des siècles, où la magie et la nature étaient tissées ensemble dans un équilibre délicat.

Alors qu'ils s'immergeaient dans cet univers étrange, ils réalisèrent qu'ils étaient loin de chez eux, dans un endroit où les lois de la physique et de la réalité semblaient s'effacer devant la puissance de la magie et de l'imagination.

« C'est incroyable, » murmura Claire, ses yeux écarquillés d'émerveillement. « Nous sommes vraiment entrés dans un monde de légendes et de contes de fées. »

Lucien regarda autour de lui, son esprit analytique en action. « Mais nous ne pouvons pas nous laisser distraire par la beauté de ce monde, » dit-il d'une voix ferme. « Nous sommes ici pour une raison, pour trouver les réponses que nous cherchons et pour aider ceux dans le besoin. »

Elias acquiesça, son visage durci par la détermination. « Nous devons trouver un moyen de nous orienter dans ce monde étrange et de découvrir pourquoi nous sommes ici. »

Les trois compagnons se mirent en route, explorant les Terres de l'Oubli et cherchant des indices sur leur destination et sur les défis qui les attendaient. Ils rencontrèrent des créatures magiques et des esprits anciens, qui leur offrirent des conseils et des épreuves pour tester leur bravoure et leur sagesse.

Au fil de leur voyage, ils découvrirent que les Terres de l'Oubli étaient en proie à un mal ancien, une force sombre et insidieuse qui menaçait de détruire l'équilibre fragile du royaume. Les habitants étaient désespérés, cherchant un héros qui pourrait les sauver de la ruine imminente.

Lucien, Claire et Elias comprirent que c'était là leur mission, leur destinée. Ils étaient les élus, les champions destinés à affronter le mal ancien et à restaurer la paix et l'harmonie dans les Terres de l'Oubli.

Ainsi, ils se lancèrent dans une quête périlleuse, affrontant des épreuves et des dangers à chaque tournant. Ils rencontrèrent des sorcières malveillantes, des monstres titanesques et des énigmes énigmatiques, utilisant leur magie et leur intelligence pour surmonter chaque obstacle sur leur chemin.

Mais même dans les moments les plus sombres, ils restèrent unis, leur amitié et leur détermination étant leur plus grande force. Ensemble, ils affrontèrent les épreuves avec courage et persévérance, sachant que seule leur détermination les mènerait à la victoire.

Finalement, après de nombreuses épreuves et tribulations, nos héros se retrouvèrent face à face avec le mal ancien, un être maléfique dont la puissance menaçait de détruire les Terres de l'Oubli pour toujours.

Avec leur magie combinée et leur détermination inébranlable, Lucien, Claire et Elias affrontèrent le mal ancien dans une bataille épique, mettant en jeu leur vie et leur destinée pour sauver le royaume.

Et dans un éclair de lumière éclatante, le mal ancien fut vaincu, dissipé dans les brumes de l'oubli. Les Terres de l'Oubli furent libérées de son emprise, baignées à nouveau dans la lumière et l'harmonie.

Les habitants du royaume célébrèrent nos héros comme des sauveurs, reconnaissants pour leur courage et leur sacrifice. Lucien, Claire et Elias acceptèrent humblement leur gratitude, sachant que leur mission était loin d'être terminée.

Car alors que les Terres de l'Oubli retrouvaient leur paix, de nouveaux défis et de nouvelles aventures les attendaient, les appelant vers de nouveaux horizons et de nouvelles destinées.

Chapitre 6 : Les Ombres de la Vérité

Dans le clair-obscur de l'aube, Lucien, Claire et Elias quittèrent les Terres de l'Oubli, leurs âmes chargées des réminiscences des épreuves surmontées et des merveilles entrevues. La lumière dorée filtrait à travers les arbres, semblant caresser chaque feuille avec une tendresse infinie, tandis qu'une brise légère portait avec elle le murmure des anciens secrets.

Ils avancèrent en silence, leurs esprits occupés par des réflexions profondes. Lucien, en particulier, sentait en lui une transformation. Il avait pénétré des mystères qui lui avaient paru autrefois insondables, et chaque pas semblait le rapprocher d'une compréhension plus vaste de l'univers.

Ils marchèrent jusqu'à ce que le jour soit pleinement levé, atteignant enfin une clairière où un petit village, aux toits de chaume et aux murs de pierre, se nichait paisiblement. Les villageois, alertés par leur arrivée, se rassemblèrent autour d'eux avec une curiosité mêlée d'appréhension.

« Qui êtes-vous, étrangers ? » demanda un homme d'un âge avancé, ses yeux plissés par la méfiance.

Claire, avec sa douceur habituelle, s'avança et répondit : « Nous sommes des voyageurs, venus de loin pour offrir notre aide à ceux qui en ont besoin. Nous avons entendu parler des difficultés que votre village traverse. »

L'homme hocha la tête, ses traits se détendant quelque peu. « Entrez donc. Nous avons bien des histoires à vous raconter et des problèmes à partager. »

Le trio fut conduit dans une grande salle commune, où un feu crépitait joyeusement dans l'âtre, jetant des ombres dansantes sur les murs de pierre. Les villageois s'installèrent autour d'eux, leurs visages marqués par la fatigue et l'espoir.

Lucien prit la parole, sa voix résonnant avec une gravité nouvelle. « Dites-nous ce qui vous afflige, et nous ferons tout notre possible pour vous aider. »

L'homme âgé, qui se révéla être le chef du village, raconta alors leur histoire. « Notre village, Brumeval, est depuis des générations en paix avec la nature et ses esprits. Mais récemment, des ombres ont commencé à apparaître dans nos rêves, des présages sombres et inquiétants. Nos récoltes dépérissent, et nos enfants tombent malades. Nous craignons que les esprits nous aient abandonnés. »

Elias, toujours pragmatique, posa une question directe. « Y a-t-il eu des événements particuliers avant que ces ombres ne commencent à apparaître ? Quelque chose qui aurait pu perturber l'équilibre de votre village ? »

Le chef réfléchit un instant, puis répondit : « Oui, il y a quelques mois, un étranger est venu dans notre village. Il portait un médaillon étrange et parlait de pouvoirs anciens. Peu après son départ, les ombres ont commencé à apparaître. »

Lucien échangea un regard significatif avec Claire et Elias. « Nous devons retrouver cet étranger et comprendre la nature de ce médaillon, » déclara-t-il. « Il pourrait être la clé pour lever cette malédiction. »

Le chef acquiesça. « Nous n'avons pas beaucoup d'informations sur lui, mais il a été vu pour la dernière fois se dirigeant vers la Forêt des Murmures. Soyez prudents, cette forêt est connue pour ses dangers et ses mystères. »

Déterminés, Lucien, Claire et Elias se préparèrent pour leur nouvelle quête. La Forêt des Murmures, enveloppée dans un brouillard perpétuel, se dressait comme une énigme qu'ils devaient résoudre pour sauver Brumeval.

Ils pénétrèrent dans la forêt, leurs sens en alerte. Le silence était profond, interrompu seulement par le craquement des branches sous leurs pieds et le souffle du vent entre les arbres. Des formes indistinctes semblaient se mouvoir dans le brouillard, créant une atmosphère oppressante et mystérieuse.

Alors qu'ils progressaient, des murmures indistincts commencèrent à résonner autour d'eux, semblant surgir des profondeurs mêmes de la forêt. Ces voix, douces et incertaines, portaient des échos de tristesse et de désespoir.

« Nous devons rester ensemble, » murmura Claire, sa voix à peine audible. « Ces murmures pourraient nous égarer si nous nous laissons distraire. »

Soudain, une silhouette se matérialisa devant eux. C'était un homme, grand et mince, avec des yeux perçants et un médaillon scintillant autour du cou. Il les regarda avec une intensité troublante.

« Qui êtes-vous et que cherchez-vous dans cette forêt ? » demanda l'homme, sa voix résonnant avec une autorité étrange.

Lucien s'avança, fixant l'homme dans les yeux. « Nous cherchons la vérité. Nous savons que vous portez un médaillon qui a semé le trouble à Brumeval. Pourquoi avez-vous apporté cette malédiction sur eux ? »

L'homme sourit, mais c'était un sourire sans joie. « Vous ne comprenez rien. Ce médaillon est bien plus qu'un simple artefact. Il est la clé d'un pouvoir ancien, un pouvoir que je cherche à maîtriser pour des raisons qui vous échappent. »

« Nous ne vous laisserons pas nuire davantage, » déclara Elias, sa voix emplie de résolution.

L'homme recula, son regard brillant d'une lumière étrange. « Vous ne pouvez pas m'arrêter. Ce pouvoir est au-delà de votre compréhension. »

Lucien, sentant une force grandissante en lui, leva la main et invoqua une incantation des anciens enseignements qu'ils avaient appris. Une lumière éclatante jaillit de sa main, enveloppant l'homme et le médaillon.

La forêt sembla retenir son souffle, les murmures s'apaisant alors que la lumière de Lucien croissait. L'homme cria, sa silhouette se désintégrant dans la lumière, et le médaillon tomba au sol, inerte.

Les murmures s'évanouirent complètement, laissant place à un silence paisible. Lucien, Claire et Elias respirèrent profondément, sentant la lourdeur de la malédiction se dissiper.

Ils ramassèrent le médaillon, conscients de sa puissance et de son danger. « Nous devons le détruire, » dit Lucien, son visage grave. « Ce pouvoir ne doit pas tomber entre de mauvaises mains. »

Avec une incantation commune, ils détruisirent le médaillon, sa puissance se dispersant dans l'air comme une brume dissipée par le vent. La forêt sembla respirer de soulagement, les arbres vibrant d'une nouvelle vie.

Quand ils retournèrent à Brumeval, ils furent accueillis en héros. Les récoltes reprenaient vie, les enfants guérissaient, et l'espoir renaissait dans le cœur des villageois.

Le chef du village, les larmes aux yeux, leur dit : « Vous avez sauvé notre village. Nous vous en serons éternellement reconnaissants. »

Lucien, Claire et Elias sourirent humblement. « C'est notre devoir, » répondit Claire. « Nous sommes ici pour apporter la lumière là où il y a des ténèbres. »

Et ainsi, en quittant Brumeval, ils savaient que leur voyage était loin d'être terminé. Les ombres de la vérité avaient été révélées, mais d'autres secrets les attendaient, cachés dans les recoins du monde, prêts à être découverts et à éclairer leur chemin.

Leur mission accomplie à Brumeval, Lucien, Claire et Elias continuèrent leur voyage à travers des terres inconnues, toujours guidés par l'ombre des mystères qu'ils devaient percer. Alors qu'ils traversaient des vallées luxuriantes et des montagnes escarpées, ils arrivaient finalement devant une structure imposante : la Citadelle des Souvenirs.

La citadelle, haute et majestueuse, s'élevait au-dessus d'une falaise surplombant une mer d'émeraude. Ses murs de pierre semblaient imprégnés d'une sagesse ancienne, chaque fissure racontant une histoire oubliée. Leurs cœurs battant d'anticipation, nos héros s'avancèrent, sentant l'énergie palpable émanant des murs anciens.

À l'entrée, un gardien vêtu d'une robe pourpre les attendait. Son visage était caché par un capuchon, mais ses yeux, perçants et sages, brillaient dans l'ombre.

« Vous êtes enfin arrivés, » dit-il d'une voix grave et résonnante. « La Citadelle des Souvenirs vous attend. Mais sachez ceci : chaque épreuve que vous y affronterez réveillera des souvenirs enfouis au plus profond de vous. »

Lucien, Claire et Elias échangèrent un regard. Ils étaient prêts à affronter les défis, quels qu'ils soient. « Nous acceptons les épreuves, » déclara Lucien avec détermination.

Le gardien hocha la tête et ouvrit les grandes portes de la citadelle. À l'intérieur, une atmosphère lourde de souvenirs et de magie les enveloppa. Les murs étaient ornés de fresques mouvantes, représentant des scènes de vies passées, des victoires et des tragédies, des amours et des pertes.

Ils avancèrent dans la première salle, où une lumière douce et dorée baignait l'espace. Au centre se trouvait un bassin cristallin, ses eaux scintillant comme des étoiles.

« Ceci est le bassin de la mémoire, » expliqua le gardien. « Plongez-y vos mains, et vous verrez des fragments de votre passé. Vous devez accepter et comprendre ces souvenirs pour avancer. »

Claire s'approcha la première, ses mains tremblantes d'appréhension et de curiosité. Lorsqu'elle toucha l'eau, des images apparurent à la surface : une jeune fille, elle-même, jouant dans un jardin ensoleillé avec une femme qu'elle reconnut comme sa mère. Des larmes de joie et de nostalgie remplirent ses yeux, mais aussi de tristesse, car elle avait perdu sa mère très jeune.

« Maman... » murmura Claire, son cœur lourd de souvenirs. « Je me souviens de toi. »

Les images se dissipèrent, laissant Claire avec un sentiment de paix retrouvée. Elle avait fait la paix avec son passé, prête à avancer.

Elias suivit, et l'eau révéla des scènes de batailles, de camaraderie et de pertes douloureuses. Il revit ses amis tombés au combat, des frères d'armes qu'il n'avait jamais vraiment pleurés.

« Vous n'êtes pas oubliés, » murmura-t-il, une résolution nouvelle brûlant dans ses yeux. « Je porterai votre mémoire avec honneur. »

Enfin, ce fut au tour de Lucien. Il plongea ses mains dans l'eau, et des visions de sa jeunesse solitaire apparurent. Un garçon isolé, plongé dans des livres de magie, cherchant désespérément à comprendre un monde qui le rejetait.

« Je n'étais jamais seul, » réalisa Lucien, voyant la figure bienveillante de son maître, un vieux magicien qui l'avait guidé et protégé. « Vous étiez toujours avec moi, maître. »

Avec ces révélations, chacun d'eux sentit une force nouvelle grandir en eux, une compréhension plus profonde de leur identité et de leur chemin. Ils étaient prêts pour la prochaine épreuve.

Le gardien les guida vers une nouvelle salle, où des miroirs anciens tapissaient les murs. « Ceci est la chambre des reflets, » annonça-t-il. « Vous y verrez non seulement votre propre reflet, mais aussi les vérités cachées de votre cœur. »

Ils avancèrent prudemment, chaque miroir révélant une partie de leur âme. Claire vit son désir de guérison, non seulement pour les autres mais aussi pour elle-même. Elias confronta ses peurs les plus profondes, ses doutes sur sa propre valeur et sa capacité à protéger ceux qu'il aimait. Lucien, lui, fit face à son ambition et à sa quête incessante de connaissance, se demandant si elle ne le mènerait pas sur un chemin dangereux.

Chaque reflet était une épreuve, mais aussi une leçon. Ils apprirent à s'accepter, à embrasser leurs forces et leurs faiblesses, à comprendre que c'étaient leurs imperfections qui les rendaient uniques et puissants.

Lorsqu'ils quittèrent la chambre des reflets, ils étaient plus unis et plus déterminés que jamais. Le gardien les mena vers la salle finale, une grande salle circulaire où une table de pierre reposait au centre, entourée de runes lumineuses.

« Ceci est la table de la destinée, » dit le gardien. « Ici, vous devez décider de votre chemin. Chaque choix que vous faites affectera non seulement votre avenir, mais aussi celui du monde qui vous entoure. »

Lucien, Claire et Elias s'assirent à la table, sentant le poids de leur responsabilité. Ils discutèrent longuement, réfléchissant à chaque option, pesant les conséquences de leurs décisions.

Finalement, ils prirent leur décision, une décision basée sur la sagesse qu'ils avaient acquise et sur l'amour et la confiance qu'ils avaient l'un pour l'autre. Ils se levèrent, prêts à affronter le futur, quelles que soient les épreuves qui les attendaient.

Le gardien sourit, une expression de fierté et de respect sur son visage. « Vous avez passé les épreuves de la Citadelle des Souvenirs. Vous êtes maintenant prêts pour votre véritable destinée. »

Et ainsi, en quittant la citadelle, Lucien, Claire et Elias savaient que leur voyage ne faisait que commencer. Ils étaient plus forts, plus sages, et plus unis que jamais, prêts à affronter les mystères et les dangers du monde avec courage et détermination.

Chapitre 7 : Les Lueurs de l'Aube

Le soleil se levait lentement à l'horizon, baignant le monde de ses premiers rayons dorés. Lucien, Claire et Elias descendaient la colline qui les éloignait de la Citadelle des Souvenirs, leurs esprits encore imprégnés des révélations et des épreuves qu'ils venaient de traverser.

Ils marchaient en silence, chacun perdu dans ses pensées, quand soudain, le paysage devant eux changea. Une vallée verdoyante s'étendait à perte de vue, parsemée de petites maisons aux toits de chaume. Une rivière scintillante serpentait au milieu, reflétant la lumière de l'aube. C'était un tableau de tranquillité et de beauté, une promesse de renouveau après les défis passés.

Ils avancèrent prudemment, leurs sens en alerte. En approchant du village, ils remarquèrent une activité fébrile. Les habitants, vêtus de vêtements colorés, semblaient préparer une fête. Des guirlandes de fleurs ornaient les rues, et des enfants couraient partout, leurs rires résonnant dans l'air frais du matin.

« On dirait qu'ils célèbrent quelque chose, » observa Claire, un sourire se dessinant sur ses lèvres.

Un vieil homme, assis près de l'entrée du village, les regarda approcher avec un sourire bienveillant. « Bienvenue, voyageurs, » dit-il d'une voix douce. « Vous arrivez juste à temps pour notre fête de l'aube. C'est une tradition ancienne que nous célébrons chaque année pour honorer le retour de la lumière après la longue nuit. »

Lucien, toujours pragmatique, demanda : « Nous serions ravis de nous joindre à vous, mais nous devons aussi continuer notre quête. Avez-vous entendu parler d'événements étranges ou de présages sombres dans cette région ? »

Le vieil homme secoua la tête. « Ici, tout est paisible, grâce aux bénédictions de l'aube. Mais vous êtes les bienvenus pour rester et participer aux festivités. Peut-être que la lumière de notre fête éclairera votre chemin. »

Nos héros acceptèrent l'invitation avec gratitude. Ils espéraient que cette pause leur offrirait non seulement un moment de repos, mais aussi des indices précieux pour leur quête.

La fête commença peu après leur arrivée. Des tables chargées de mets délicieux furent dressées, et les habitants se rassemblèrent pour chanter et danser. L'atmosphère était empreinte de joie et de camaraderie, une trêve bienvenue pour Lucien, Claire et Elias.

Claire se laissa emporter par les danses, son rire cristallin se mêlant aux chants des villageois. Elias, lui, participa à des jeux de force et d'adresse, impressionnant les enfants avec ses talents de guerrier. Lucien, toujours curieux, engagea la conversation avec le vieil homme et d'autres villageois, cherchant des fragments de sagesse ou des histoires anciennes qui pourraient les aider.

Au cours de la fête, Lucien fit la connaissance de Liora, une jeune femme aux cheveux roux flamboyants et aux yeux pétillants de malice. Elle était la gardienne des légendes du village, une conteuse talentueuse dont les récits captivaient l'audience.

« Dites-moi, Liora, » demanda Lucien alors qu'ils s'asseyaient sous un arbre majestueux, « connaissez-vous des histoires sur des artefacts anciens ou des magies oubliées ? »

Liora sourit mystérieusement. « Il y a bien une légende que ma grand-mère me racontait souvent. Elle parle d'un ancien sanctuaire, caché dans les montagnes au-delà de la vallée. On dit que ce sanctuaire abrite une source de pouvoir immense, gardée par des esprits bienveillants. Mais seuls ceux au cœur pur peuvent y accéder. »

Lucien sentit son cœur battre plus fort. « Pouvez-vous nous indiquer le chemin vers ce sanctuaire ? Cela pourrait être la clé de notre quête. »

Liora acquiesça. « Je vous montrerai le chemin. Mais soyez prudents. Les montagnes sont traîtresses et les esprits testent toujours les intrus. »

Après la fête, Lucien, Claire et Elias se préparèrent pour leur nouvelle expédition. Liora les guida jusqu'au pied des montagnes, où un sentier étroit et escarpé s'ouvrait devant eux.

« Je ne peux pas aller plus loin, » dit Liora. « Mais suivez ce sentier. Il vous mènera au sanctuaire. Que la lumière de l'aube éclaire votre chemin. »

Nos héros la remercièrent et s'engagèrent sur le sentier. Les montagnes se dressaient autour d'eux, imposantes et silencieuses, comme des gardiennes endormies. La montée était ardue, mais leur détermination était inébranlable.

En gravissant les pentes rocheuses, ils ressentirent la présence des esprits, une énergie palpable dans l'air. Des ombres furtives semblaient les observer, et des murmures indistincts résonnaient à leurs oreilles, testant leur courage et leur résolution.

Après plusieurs heures de marche, ils atteignirent enfin une clairière. Au centre, une structure ancienne et majestueuse se dressait : le sanctuaire des montagnes. Ses murs de pierre étaient couverts de lierre, et une fontaine cristalline coulait doucement au milieu, émettant une lumière douce et apaisante.

Ils s'approchèrent de la fontaine, sentant la magie bienveillante qui en émanait. Claire, toujours sensible à la nature, posa ses mains sur l'eau et ferma les yeux. « Je peux sentir la puissance de cette source, » murmura-t-elle. « Elle est pure et ancienne, un vestige d'une magie oubliée. »

Elias se tenait près d'elle, son regard vigilant. « Nous devons comprendre comment utiliser cette puissance pour notre quête. »

Lucien, quant à lui, se plongea dans l'étude des runes gravées autour de la fontaine. Elles racontaient une histoire, celle d'un peuple ancien qui avait protégé ce sanctuaire pendant des millénaires, utilisant sa magie pour maintenir l'équilibre du monde.

Soudain, une voix éthérée résonna dans l'air. « Qui ose troubler la paix de ce sanctuaire ? »

Les trois compagnons se tournèrent vers l'origine de la voix. Une figure lumineuse apparut, flottant au-dessus de la fontaine. C'était l'esprit gardien du sanctuaire, une entité d'une beauté et d'une sagesse indescriptibles.

« Nous sommes des voyageurs en quête de vérité et de justice, » répondit Lucien avec respect. « Nous cherchons à comprendre et à utiliser la magie ancienne pour protéger notre monde. »

L'esprit les scruta un moment, puis sourit. « Vos cœurs sont purs, et vos intentions nobles. Vous avez passé les épreuves de la Citadelle des Souvenirs, et vous êtes dignes de recevoir la bénédiction de cette source. »

La lumière autour de l'esprit s'intensifia, enveloppant Lucien, Claire et Elias dans une étreinte chaleureuse et réconfortante. Ils sentirent une énergie nouvelle couler en eux, une connexion profonde avec les forces de la nature et de la magie.

« Utilisez cette bénédiction avec sagesse, » dit l'esprit. « Et souvenez-vous, la vraie puissance réside non seulement dans la magie, mais aussi dans le cœur de ceux qui la manient. »

Avec ces mots, l'esprit disparut, laissant nos héros avec une nouvelle force et une nouvelle détermination. Ils savaient maintenant que leur quête les menait vers des vérités plus profondes et des pouvoirs plus grands qu'ils ne l'avaient imaginé.

Ils quittèrent le sanctuaire, leurs esprits et leurs cœurs enflammés par une nouvelle lumière. Chaque pas qu'ils faisaient les rapprochait de leur destinée, un destin tissé par des fils de magie, de courage et d'amitié.

Chapitre 16 : Les Révélations de l'Orage

Les montagnes derrière eux, Lucien, Claire et Elias poursuivaient leur voyage avec une énergie renouvelée par la bénédiction du sanctuaire. Le sentier les menait à travers des paysages de plus en plus sauvages et indomptés, une symphonie de verdure et de rocaille, où chaque détour semblait receler un nouveau mystère.

Alors qu'ils traversaient une forêt dense, le ciel, jusqu'alors clair et ensoleillé, commença à s'assombrir. Des nuages noirs s'amoncelaient à l'horizon, apportant avec eux une menace palpable. Les premiers éclairs zébrèrent le ciel, et le tonnerre gronda, résonnant comme le rugissement d'une bête en colère.

« Un orage approche, » observa Elias, levant les yeux vers le ciel tumultueux. « Nous devons trouver un abri rapidement. »

Claire acquiesça, scrutant les alentours à la recherche d'un refuge. « Là-bas, » dit-elle en désignant une formation rocheuse à demi dissimulée par les arbres. « Ça devrait nous protéger du pire de la tempête. »

Ils se hâtèrent vers la caverne naturelle, atteignant son entrée juste au moment où les premières gouttes de pluie, lourdes et glacées, commencèrent à tomber. À l'intérieur, l'air était frais et humide, mais ils étaient à l'abri des éléments. Le bruit de la pluie s'intensifia, se transformant en un torrent qui battait contre les parois rocheuses.

Assis près de l'entrée, ils observaient la fureur de la nature, impressionnés par sa puissance. Soudain, un éclair particulièrement puissant illumina la caverne, révélant des inscriptions anciennes gravées sur les murs. Lucien se leva, intrigué, et s'approcha pour les examiner de plus près.

« Ces symboles... » murmura-t-il, traçant du doigt les contours des runes. « Ils racontent une histoire. »

Claire et Elias rejoignirent Lucien, observant avec fascination les inscriptions. Les symboles semblaient danser sous la lumière des éclairs, racontant une saga de temps anciens, de héros oubliés et de puissances colossales.

« C'est un avertissement, » dit Claire, ses yeux s'écarquillant. « Il parle d'une entité ancienne, un être d'ombre et de tempête, emprisonné par les anciens. Ils craignaient son retour, un retour qui apporterait le chaos et la destruction. »

Elias fronça les sourcils. « Peut-être que cet orage n'est pas une simple tempête. Et si... et si quelque chose avait réveillé cette entité ? »

Lucien hocha lentement la tête. « Nous devons en savoir plus. Si cette entité est en train de se libérer, cela pourrait expliquer les troubles que nous avons rencontrés. »

Au même moment, un cri déchirant se fit entendre à travers les rugissements de l'orage. Un cri humain, empreint de terreur et de désespoir. Sans hésiter, nos héros sortirent de la caverne, leurs sens en alerte, et se dirigèrent vers la source du bruit.

Ils coururent à travers la forêt battue par la pluie, suivant les cris jusqu'à ce qu'ils arrivent dans une clairière. Là, au centre, une jeune femme se tenait, entourée par des ombres mouvantes. Ses vêtements étaient trempés, et son visage exprimait une terreur pure.

« Aidez-moi ! » cria-t-elle en les voyant. « Les ombres... elles me suivent depuis l'orage ! »

Claire s'approcha prudemment, les mains levées en signe de paix. « Nous sommes là pour t'aider. Ne bouge pas, nous allons te protéger. »

Lucien commença à réciter une incantation, ses mains dessinant des runes dans l'air. Une lumière dorée émana de ses paumes, repoussant les ombres qui semblaient s'effilocher sous la puissance de sa magie. Elias, arme au poing, se tenait prêt à affronter toute menace physique.

Les ombres reculèrent, se dissolvant lentement dans l'air humide, comme si elles étaient aspirées par le sol. La jeune femme s'effondra de soulagement, ses jambes flageolantes.

« Merci... merci, » murmura-t-elle, ses yeux remplis de larmes.

« Qui es-tu, et que s'est-il passé ? » demanda Elias avec douceur.

« Je m'appelle Seraphina, » répondit-elle, sa voix tremblante. « Je viens du village de Ventorbe. L'orage est arrivé soudainement, et avec lui, ces ombres. Elles ont attaqué le village, et je suis la seule à avoir réussi à fuir. »

Lucien, Claire et Elias échangèrent un regard grave. « Ventorbe est en danger, » dit Lucien. « Nous devons y aller immédiatement. »

Seraphina acquiesça, retrouvant un peu de courage. « Je vous guiderai. C'est à quelques heures de marche vers le sud. »

Ils reprirent la route sous la pluie battante, guidés par Seraphina. En chemin, elle leur raconta que le village avait récemment découvert une ancienne relique lors de travaux de terrassement. Peu après, les troubles avaient commencé : des cauchemars collectifs, des apparitions fantomatiques, et enfin, l'attaque des ombres.

« Cette relique doit être liée à l'entité dont parlaient les inscriptions, » dit Claire. « Nous devons la trouver et comprendre comment la sceller à nouveau. »

Ils atteignirent Ventorbe à l'aube, un spectacle de désolation s'offrant à eux. Des maisons effondrées, des champs ravagés, et des villageois terrifiés cachés dans les décombres. Mais au centre du village, une lumière étrange pulsait, attirant leur attention.

Ils s'approchèrent et découvrirent une pierre noire, gravée de runes semblables à celles de la caverne. Elle semblait vibrer avec une énergie maléfique, une force sombre cherchant à s'échapper.

« C'est ici, » murmura Lucien. « C'est cette pierre qui contient l'entité. »

Ils formèrent un cercle autour de la pierre, unissant leurs forces pour contrer son pouvoir. Lucien récita des incantations, Claire utilisa ses dons pour canaliser l'énergie positive, et Elias, avec son épée, traça un cercle de protection.

La lutte fut intense. La pierre résistait, émettant des ondes de ténèbres. Mais leur détermination et leur union étaient plus fortes. Finalement, avec un cri perçant, la pierre se fissura et les ténèbres se dissipèrent, absorbées par le sol.

Les villageois émergèrent de leurs cachettes, reconnaissants et soulagés. Seraphina remercia nos héros, les larmes aux yeux.

« Vous avez sauvé Ventorbe, » dit-elle. « Nous n'oublierons jamais ce que vous avez fait. »

Lucien, Claire et Elias sourirent humblement. « C'est notre devoir, » répondit Lucien. « Mais notre quête continue. »

Ils quittèrent Ventorbe sous un ciel redevenu clair, le cœur léger et l'esprit alerte. Ils savaient que d'autres épreuves les attendaient, mais ils étaient prêts à les affronter ensemble, guidés par la lumière de leur amitié et la force de leur destinée.

Chapitre 8 : La Forêt des Murmures

Après avoir quitté Ventorbe, Lucien, Claire et Elias marchèrent à travers les vastes étendues boisées qui s'étendaient devant eux. Leur destination suivante, la Forêt des Murmures, était réputée pour ses secrets et ses énigmes. On disait que ceux qui entraient dans cette forêt pouvaient entendre les voix des anciens et que les arbres eux-mêmes chuchotaient des vérités oubliées.

Les premiers jours de leur voyage furent calmes, les paysages bucoliques offrant un répit bienvenu après les événements tumultueux de Ventorbe. Mais à mesure qu'ils s'enfonçaient dans la forêt, l'atmosphère changea. Les arbres se dressaient plus hauts, leurs branches entrelacées formant une voûte dense qui plongeait le sous-bois dans une pénombre mystique. Le vent, léger à l'extérieur, se transformait en un murmure continu, comme si la forêt elle-même leur parlait.

« On dirait que les histoires sur cette forêt ne sont pas exagérées, » observa Claire en écoutant attentivement les bruits ambiants.

« C'est comme si chaque arbre cachait une âme ancienne, » ajouta Elias, son regard scrutant les ombres mouvantes.

Lucien hocha la tête. « Soyez vigilants. Ici, les sens peuvent être trompés. Écoutez, mais ne vous laissez pas emporter par les voix. »

Ils avançaient prudemment, chaque pas mesuré, lorsqu'une voix douce et mélodieuse les fit s'arrêter net. « Bienvenue, voyageurs. »

Ils tournèrent la tête pour voir une femme élégante se tenir devant eux. Ses vêtements étaient faits de feuilles et de lianes, et ses cheveux, longs et soyeux, semblaient flotter comme des fils d'argent dans la lumière tamisée. Ses yeux brillaient d'une lueur mystérieuse.

« Je suis Nyssa, la gardienne de cette forêt, » dit-elle en les regardant avec bienveillance. « Vous avez traversé de nombreux périls pour arriver jusqu'ici. Qu'est-ce qui vous amène dans la Forêt des Murmures ? »

Lucien, parlant au nom du groupe, s'inclina légèrement. « Nous sommes à la recherche de réponses. Nous devons comprendre et contrer les forces obscures qui menacent notre monde. On nous a dit que cette forêt recelait des connaissances anciennes. »

Nyssa sourit, un sourire plein de sagesse et de compassion. « Votre quête est noble. Mais la forêt ne révèle ses secrets qu'à ceux qui sont prêts à écouter. Suivez-moi. »

Elle les guida à travers un chemin sinueux, leurs pas feutrés par la mousse épaisse. Le murmure des arbres semblait s'intensifier, des voix indistinctes chuchotant des mots anciens et des prières oubliées. Nyssa les mena jusqu'à une clairière où un immense chêne trônait, ses branches étendues comme des bras protecteurs.

« Cet arbre est le cœur de la forêt, » expliqua Nyssa. « Il est le dépositaire des souvenirs et des secrets de notre monde. Pour accéder à cette sagesse, vous devez montrer votre respect et votre volonté d'apprendre. »

Claire, sentant une connexion profonde avec la nature, s'avança et posa doucement sa main sur l'écorce rugueuse du chêne. « Nous cherchons des réponses pour protéger notre monde. Nous voulons comprendre les forces qui le menacent et comment les contrer. »

L'arbre sembla répondre à son toucher, une vibration douce parcourant ses branches. Une lumière émanait des feuilles, et des visions commencèrent à apparaître dans l'esprit de Claire. Elle vit des images de batailles anciennes, des magiciens et des guerriers unissant leurs forces contre des entités d'ombre. Elle sentit la présence des esprits des anciens, leurs voix murmurant des conseils et des avertissements.

Lucien et Elias, touchant à leur tour l'arbre, partagèrent cette expérience. Ils virent des fragments de passé, des scènes de destruction mais aussi de rédemption, des cycles de lumière et de ténèbres se succédant à travers les âges.

« Le pouvoir que vous cherchez n'est pas seulement dans la magie, » murmura Nyssa. « Il est dans l'unité, dans l'équilibre entre toutes les forces de la nature. »

Lucien, ses yeux brillant de nouvelles résolutions, répondit : « Nous comprenons. Nous devons trouver cet équilibre pour contrer les ténèbres qui menacent notre monde. »

Nyssa acquiesça. « Avant de partir, prenez ceci. » Elle tendit une amulette en forme de feuille d'argent, gravée de runes anciennes. « Cette amulette vous guidera et vous protègera. Elle contient un fragment de la sagesse de la forêt. »

Ils acceptèrent l'amulette avec gratitude, sentant la puissance de sa magie protectrice. Alors qu'ils quittaient la clairière, la forêt semblait les saluer, les murmures se transformant en une mélodie douce et apaisante.

Ils continuèrent leur voyage, portant avec eux la sagesse des anciens et une nouvelle détermination. Chaque pas les rapprochait de leur destinée, un chemin éclairé par la lumière de la connaissance et de l'unité.

La Forêt des Murmures derrière eux, Lucien, Claire et Elias avancèrent vers le nord, là où la carte indiquait l'emplacement d'un ancien temple oublié, gardien de secrets encore plus anciens. La route était longue et les dangers potentiels, nombreux. Leurs pas étaient cependant plus sûrs, renforcés par la sagesse qu'ils avaient acquise dans la forêt.

La nuit tombait lorsque nos héros arrivèrent à une vaste plaine s'étendant sous un ciel étoilé. La lumière de la lune baignait la terre d'une lueur argentée, mais l'air portait une sensation de froid étrange, presque surnaturelle.

« Nous devrions monter le camp ici pour la nuit, » suggéra Elias, scrutant l'horizon pour s'assurer qu'aucun danger immédiat ne les guettait.

Lucien acquiesça. « Oui, mais restons sur nos gardes. Il y a quelque chose d'étrange dans l'air. »

Claire, sensible aux fluctuations de la nature, ressentit une perturbation subtile mais persistante. « Il y a une présence ici, » dit-elle en frissonnant légèrement. « Quelque chose veille dans les ténèbres. »

Ils montèrent leur camp rapidement, le crépitement du feu de camp apportant un semblant de chaleur et de réconfort. Les flammes dansaient, projetant des ombres mouvantes sur le sol. Alors qu'ils mangeaient en silence, chacun perdu dans ses pensées, un cri lointain retentit, brisant la quiétude de la nuit.

Elias se leva d'un bond, son épée déjà en main. « Quelqu'un a besoin d'aide. »

Sans perdre de temps, ils éteignirent le feu et se dirigèrent vers l'origine du cri. La lumière de la lune les guidait, et leurs sens étaient en alerte maximale. Ils arrivèrent bientôt à une colline surplombant une vallée. En bas, une silhouette solitaire luttait contre des ombres menaçantes.

« C'est un enfant ! » s'exclama Claire, reconnaissant la silhouette frêle.

Ils dévalèrent la colline, leurs armes prêtes. Lucien incanta un sort de lumière, dissipant partiellement les ténèbres autour de l'enfant. Elias se jeta dans la mêlée, son épée brillant de la lueur des étoiles, tranchant les ombres qui tentaient d'encercler l'enfant. Claire, utilisant son pouvoir de guérisseuse, créa une barrière protectrice autour de l'enfant.

Les ombres reculèrent, se fondant dans la nuit, et l'enfant, épuisé et terrifié, s'effondra dans les bras de Claire. « Vous êtes en sécurité maintenant, » murmura-t-elle, apaisante.

Lucien s'accroupit près de l'enfant, étudiant son visage sale et ses vêtements déchirés. « Que faisais-tu ici, seul ? »

L'enfant, une fille d'une dizaine d'années, répondit d'une voix tremblante. « Je m'appelle Lila. Je viens du village de Brumecôte. Un sorcier maléfique a attaqué notre village, et j'ai été séparée de ma famille en fuyant. Les ombres... elles m'ont poursuivie depuis. »

Elias serra les poings. « Nous devons la ramener à son village. Et ce sorcier... il doit être arrêté. »

Claire hocha la tête. « Lila, nous allons te protéger et t'aider à retrouver ta famille. »

Ils décidèrent de passer le reste de la nuit dans la vallée, veillant à tour de rôle pour assurer la sécurité de Lila. Le sommeil vint difficilement, les esprits hantés par la menace du sorcier et des ombres.

À l'aube, ils reprirent leur route, Lila guidant leurs pas vers Brumecôte. En chemin, elle leur parla des événements terrifiants qui avaient frappé son village. « Le sorcier, il est venu de nulle part. Il a jeté des sorts noirs, et les ombres ont pris vie. Personne n'a pu résister. »

En approchant du village, nos héros virent des signes de destruction : des maisons brûlées, des champs ravagés, et un silence oppressant régnant sur les lieux. Ils entrèrent dans le village désert, leurs cœurs lourds de la souffrance qu'ils percevaient.

« Lila ! » Un cri de joie retentit, et une femme courut vers eux, serrant la petite fille dans ses bras. « Ma chérie, tu es vivante ! »

L'émotion de la réunion familiale fit place à la détermination alors que Lucien interrogeait les villageois restants. « Où est le sorcier maintenant ? »

Un homme âgé, le chef du village, répondit. « Il s'est retranché dans l'ancien manoir au sommet de la colline. C'était autrefois la demeure de nos protecteurs, mais il en a fait un bastion de ténèbres. »

Lucien, Claire et Elias échangèrent un regard résolu. « Nous allons le confronter, » déclara Elias. « Il ne peut rester impuni pour ce qu'il a fait. »

Le manoir, une structure imposante et délabrée, se dressait comme une sentinelle sombre sur la colline. L'atmosphère autour de l'édifice était lourde de magie noire. Nos héros s'approchèrent prudemment, leurs sens aiguisés.

À l'intérieur, des couloirs sombres et des salles vides résonnaient de murmures sinistres. Chaque pas semblait écho de leur détermination et du danger qui les attendait. Finalement, ils atteignirent une grande salle où le sorcier les attendait, entouré de volutes d'ombres.

« Ainsi, vous osez me défier, » dit-il d'une voix glaciale. « Vous regretterez cette audace. »

Lucien leva son bâton, prêt à combattre. « Nous sommes venus pour mettre fin à ton règne de terreur. Tu as détruit des vies et semé le chaos. Cela s'arrête ici. »

Le sorcier éclata de rire, un rire dément et méprisant. « Essayez donc ! »

Le combat qui s'ensuivit fut intense. Le sorcier déchaîna des sorts de ténèbres, mais Lucien, Claire et Elias, unis par leur amitié et leur détermination, ripostèrent avec une force et une coordination impressionnantes. Claire, utilisant sa magie de guérison, contrait les maléfices du sorcier, tandis qu'Elias, avec sa maîtrise du combat, le forçait à reculer. Lucien, quant à lui, invoquait des sorts de lumière pour dissiper les ombres.

Le sorcier, acculé, lança un dernier sort désespéré, un vortex d'ombres cherchant à engloutir tout sur son passage. Mais Lucien, concentrant toute son énergie, créa une sphère de lumière pure qui engloba le vortex, neutralisant son pouvoir.

Avec un cri de rage et de désespoir, le sorcier s'effondra, vaincu. Les ombres se dissipèrent, et le manoir retrouva un semblant de calme.

Les villageois, alertés par la fin des hostilités, montèrent la colline et exprimèrent leur gratitude à nos héros. « Vous nous avez sauvés, » dit le chef du village, les larmes aux yeux. « Nous vous en serons éternellement reconnaissants. »

Lucien, Claire et Elias, épuisés mais victorieux, échangèrent un regard de satisfaction. « Notre quête continue, » dit Lucien. « Mais aujourd'hui, nous avons fait un pas de plus vers la lumière. »

Ils passèrent la nuit à Brumecôte, accueillis comme des héros, mais sachant que leur mission était loin d'être terminée. La route devant eux était encore longue, parsemée d'épreuves et de défis, mais leur détermination n'avait jamais été aussi forte.

Chapitre 9 : Le Temple Oublié

Le soleil se levait à l'horizon lorsque Lucien, Claire et Elias quittèrent Brumecôte. Les villageois, reconnaissants, les saluèrent une dernière fois, leur offrant provisions et bénédictions pour la suite de leur périple. Leur destination était claire : le Temple Oublié, un lieu entouré de mystères et de légendes.

La route qui les menait au temple serpentait à travers des collines verdoyantes et des vallées profondes. La marche, bien que fatigante, leur permettait de réfléchir aux événements récents. L'affrontement avec le sorcier maléfique avait renforcé leur conviction et leur unité.

Après plusieurs jours de marche, ils atteignirent les abords d'une forêt dense et ancienne. Les arbres, imposants et majestueux, semblaient murmurer des histoires millénaires. Une ambiance solennelle régnait, et une étrange tranquillité enveloppait le lieu.

« Nous y sommes presque, » dit Lucien en consultant la carte. « Le temple se trouve au cœur de cette forêt. »

Ils avancèrent avec prudence, suivant un sentier à peine visible. La lumière du soleil peinait à percer le feuillage épais, créant une atmosphère crépusculaire. Le silence était seulement interrompu par le chant occasionnel d'un oiseau ou le bruissement des feuilles.

Après plusieurs heures de marche, ils atteignirent une clairière. Au centre se dressait le Temple Oublié, une structure de pierre massive, couverte de lianes et de mousses. Les symboles gravés sur les murs témoignaient d'une époque révolue, de civilisations disparues.

« C'est incroyable, » murmura Claire, impressionnée par la grandeur et la majesté du temple.

Elias observa les alentours, vigilant. « Nous devons rester sur nos gardes. Si ce lieu est aussi ancien et sacré qu'on le dit, il pourrait être protégé par des enchantements ou des gardiens. »

Lucien hocha la tête. « Oui, nous devons avancer avec prudence. »

Ils franchirent les marches de pierre menant à l'entrée du temple. La porte massive, sculptée de motifs complexes, s'ouvrit avec un grincement sinistre, révélant un intérieur plongé dans l'obscurité. Lucien invoqua une sphère de lumière qui éclaira le passage devant eux.

L'intérieur du temple était à la fois magnifique et intimidant. Des colonnes massives soutenaient un plafond voûté orné de fresques dépeignant des scènes de batailles épiques et de rituels sacrés. Ils avancèrent lentement, scrutant chaque recoin à la recherche de signes de pièges ou d'indices.

Au bout d'un long couloir, ils arrivèrent dans une salle centrale où un autel de pierre trônait. Sur cet autel reposait un artefact étrange, une amulette incrustée de pierres précieuses qui scintillaient faiblement dans la lumière de Lucien.

« C'est l'amulette dont parlait Nyssa, » dit Claire en s'approchant prudemment. « Elle renferme un pouvoir ancien. »

Lucien tendit la main pour la prendre, mais une voix profonde et résonnante retentit dans la salle. « Qui ose troubler le sanctuaire des anciens ? »

Une silhouette éthérée apparut devant eux, un gardien spectral vêtu d'une armure scintillante. Son visage, bien que translucide, exprimait une autorité indéniable.

« Nous ne sommes pas ici pour profaner cet endroit, » répondit Lucien avec respect. « Nous cherchons des réponses et de l'aide pour combattre une menace qui pèse sur notre monde. »

Le gardien les scruta longuement avant de parler. « Seuls ceux dont le cœur est pur et la cause juste peuvent prétendre à la sagesse des anciens. Montrez-moi que vous êtes dignes de ce savoir. »

Elias, Claire et Lucien échangèrent un regard déterminé. « Nous sommes prêts à prouver notre valeur, » déclara Elias.

Le gardien leva une main et le sol sous leurs pieds se mit à trembler. Trois portails apparurent, chacun menant à une épreuve différente.

« Chaque portail représente un défi que vous devez surmonter. Réussissez, et l'amulette sera vôtre. »

Lucien s'avança vers le premier portail. « Je prendrai celui-ci. »

Claire et Elias choisirent chacun un portail, sentant que ces épreuves étaient conçues pour tester leurs forces individuelles et leur détermination collective.

Lucien pénétra dans le premier portail et se retrouva dans une salle circulaire, les murs recouverts de symboles lumineux. Au centre, une statue d'un ancien magicien se dressait, tenant un sceptre.

« Pour prouver ta valeur, » dit une voix, « tu dois maîtriser les éléments. »

Des orbes de feu, d'eau, de terre et d'air apparurent autour de la statue. Lucien se concentra, utilisant ses connaissances et ses pouvoirs pour manipuler chaque élément. Il invoqua des flammes, créa des vagues, fit trembler le sol et contrôla les vents, harmonisant les forces de la nature. Les symboles s'illuminèrent davantage et la statue baissa son sceptre en signe de reconnaissance.

Claire, quant à elle, se retrouva dans une forêt luxuriante, mais les arbres étaient malades et le sol aride. Une voix douce murmura : « Guéris cette terre et montre ton pouvoir de vie. »

Elle s'agenouilla, posant ses mains sur le sol. Utilisant sa magie de guérison, elle sentit la vie pulser sous ses doigts. Les arbres se redressèrent, les feuilles reprenant leur éclat, et des fleurs éclorent autour d'elle. La forêt revint à la vie, et Claire se releva, satisfaite de sa réussite.

Elias, de son côté, entra dans une arène sombre où des guerriers spectrales apparurent. « Prouve ta bravoure et ta force, » ordonna la voix.

Elias brandit son épée, prêt à combattre. Les spectres attaquèrent, mais il les repoussa avec habileté et détermination. Chaque coup était précis, chaque mouvement calculé. Après une bataille féroce, les spectres disparurent, reconnaissant sa valeur et son courage.

Les trois portails disparurent et nos héros se retrouvèrent dans la salle centrale. Le gardien les regarda, une lueur de satisfaction dans ses yeux éthérés. « Vous avez prouvé votre valeur. Prenez l'amulette, et utilisez-la sagement. »

Lucien s'avança et prit l'amulette. Une vague de puissance et de connaissance les traversa, confirmant l'importance de leur quête. Le gardien s'inclina une dernière fois avant de disparaître.

« Nous devons continuer, » dit Claire, sentant l'urgence de leur mission.

Ils quittèrent le temple, l'amulette précieuse en main, et poursuivirent leur chemin, prêts à affronter les prochaines épreuves qui se dresseraient devant eux. La route était encore longue, mais leur détermination n'avait jamais été aussi forte.

Portant l'amulette, symbole de leur victoire et de leur nouvelle sagesse, Lucien, Claire et Elias quittèrent le Temple Oublié. Leur prochaine destination, une cité légendaire enfouie sous les sables du désert de Xalath, promettait de révéler d'autres secrets essentiels à leur quête.

La transition entre la forêt dense et le désert aride fut brutale. Le vent chaud du désert leur fouettait le visage, soulevant des nuages de poussière et rendant chaque pas plus difficile. Pourtant, ils avançaient avec détermination, conscients que leur mission ne pouvait attendre.

Après plusieurs jours de marche épuisante, ils atteignirent enfin l'entrée d'une ancienne cité ensevelie. Les ruines, à moitié submergées par le sable, étaient un témoignage poignant de la grandeur passée et des mystères qu'elles abritaient. Les murs étaient ornés de fresques et de symboles étranges, racontant des histoires de dieux anciens et de civilisations disparues.

« C'est ici, » murmura Lucien en consultant un vieux parchemin. « La cité de Zephyria. »

Ils pénétrèrent dans les ruines, leurs pas résonnant dans le silence oppressant. Leurs lanternes projetaient des ombres vacillantes sur les murs couverts de gravures. Claire s'arrêta soudain, observant une fresque particulièrement détaillée.

« Regardez ça, » dit-elle en pointant du doigt une scène où des figures humaines semblaient recevoir des pouvoirs divins. « Ces symboles... ils ressemblent à ceux que nous avons vus dans le temple. »

Lucien approcha sa lanterne, examinant de plus près. « Tu as raison. Il y a une connexion ici. Peut-être que cette cité détient des connaissances qui nous échappent encore. »

Soudain, un murmure faible et lointain atteignit leurs oreilles. Les trois compagnons se figèrent, écoutant attentivement. Le murmure semblait provenir des profondeurs de la cité, appelant doucement, presque suppliant.

Elias dégaina son épée. « Soyons prudents. Il pourrait s'agir d'un piège. »

Ils suivirent le son, descendant des escaliers en pierre usée qui semblaient s'enfoncer dans les entrailles de la terre. La température baissait à mesure qu'ils descendaient, et l'air devenait plus humide. Enfin, ils arrivèrent dans une immense salle souterraine, éclairée par une lumière éthérée.

Au centre de la salle se trouvait un immense bassin rempli d'eau cristalline. Au-dessus du bassin flottait une sphère lumineuse, pulsant doucement, comme un cœur battant.

« C'est magnifique, » souffla Claire, captivée par la beauté et l'aura mystique de la scène.

La voix de Lucien se fit plus grave. « C'est la Source de Mémoire. On dit qu'elle contient les échos de tous ceux qui ont vécu et appris dans cette cité. Approchons-nous avec respect. »

Ils s'avancèrent prudemment, l'eau du bassin restant immobile malgré leur présence. Lucien tendit la main vers la sphère lumineuse, sentant une chaleur réconfortante l'envelopper. Soudain, des visions inondèrent son esprit.

Il se vit dans un passé lointain, entouré de mages et de savants, échangeant des connaissances et des découvertes. Des scènes de batailles contre des forces obscures défilèrent, des alliances forgées et des sacrifices faits pour protéger ce savoir. Puis vinrent des images plus récentes, des ombres rampantes s'étendant à nouveau sur le monde, nécessitant une nouvelle génération de héros pour les repousser.

Claire et Elias, touchant à leur tour la sphère, partagèrent ces visions. Ils ressentirent la douleur des sacrifices passés, mais aussi l'espoir et la détermination de ceux qui avaient combattu avant eux.

Une voix douce et ancienne résonna alors dans la salle. « Vous êtes les porteurs de la lumière nouvelle. Utilisez ce que vous avez appris pour protéger le monde de la sombre menace. »

Lucien hocha la tête, sa résolution renforcée. « Nous ne faillirons pas. Nous continuerons le combat pour l'avenir de notre monde. »

La sphère pulsa une dernière fois avant de s'éteindre doucement, laissant derrière elle un sentiment de calme et de clarté.

« Il est temps de partir, » dit Elias, sa voix empreinte de nouvelle détermination.

Ils remontèrent à la surface, la lumière du jour les accueillant avec chaleur. Forts de leur nouvelle sagesse, ils se dirigèrent vers le sud, vers leur prochaine destination. Chaque pas les rapprochait de la confrontation finale avec les forces des ténèbres.

Chapitre 10 : La Tempête de Sable

Le désert s'étendait à perte de vue, une mer de dunes ondulantes sous un ciel d'un bleu implacable. Lucien, Claire et Elias progressaient péniblement, leurs corps fatigués par la chaleur et la marche incessante. Mais les visions qu'ils avaient reçues à la Source de Mémoire les motivaient à avancer, chaque pas les rapprochant un peu plus de leur but.

« Selon la carte, notre prochaine destination se trouve quelque part au cœur de ce désert, » dit Lucien, scrutant l'horizon à la recherche d'un point de repère.

« Les ruines de la Cité d'Ombre, » répondit Claire, en ajustant son foulard pour se protéger du sable. « Une ancienne cité engloutie par une tempête de sable éternelle. »

Elias hocha la tête. « Si les légendes sont vraies, nous y trouverons non seulement des réponses, mais aussi un puissant artefact capable de contrer les ténèbres qui menacent notre monde. »

La journée avançait, et la chaleur devint presque insupportable. Leurs gourdes se vidaient rapidement, et l'ombre se faisait rare. Alors qu'ils gravissaient une nouvelle dune, le vent commença à se lever, soulevant des nuages de sable qui obscurcirent leur vue.

« Une tempête de sable approche, » avertit Lucien, sa voix étouffée par le vent croissant. « Nous devons trouver un abri rapidement ! »

Ils se mirent à courir, leurs silhouettes floues dans le tourbillon de sable. Claire aperçut une formation rocheuse non loin de là, une série de pics escarpés émergeant des dunes comme les doigts d'une main géante.

« Par là ! » cria-t-elle, pointant la direction.

Ils atteignirent les rochers juste à temps, se réfugiant dans une petite caverne à l'abri du vent hurlant. Le grondement de la tempête résonnait à l'extérieur, créant une symphonie chaotique de sifflements et de rugissements.

Assis dans l'obscurité relative de la caverne, ils reprirent leur souffle. Leurs visages étaient couverts de sable, et leurs yeux brûlaient, mais ils étaient en sécurité pour l'instant.

« Cette tempête pourrait durer des heures, voire des jours, » dit Elias en observant l'entrée de la caverne.

« Utilisons ce temps pour nous reposer et planifier notre prochaine étape, » suggéra Claire en fouillant dans son sac pour sortir de l'eau et quelques rations.

Lucien acquiesça, mais son esprit était ailleurs, hanté par les visions de la Source de Mémoire. Il repensait aux scènes de batailles, aux sacrifices des anciens mages et aux ombres qui menaçaient à nouveau. Il se demandait si eux aussi seraient capables de faire face à ces ténèbres grandissantes.

La tempête s'intensifia, et la caverne trembla légèrement sous l'assaut du vent. Le temps semblait se distordre, chaque minute s'étirant en une éternité. Claire, cherchant à briser le silence pesant, sortit un ancien grimoire trouvé dans les ruines de Zephyria.

« J'ai trouvé ceci dans les ruines, » dit-elle en montrant le livre. « Il pourrait contenir des informations utiles pour notre quête. »

Elle commença à lire à haute voix, sa voix résonnant doucement dans la caverne. Les pages décrivaient des sorts oubliés, des rituels de protection et des histoires de héros passés. Chaque mot semblait résonner avec une sagesse ancienne, renforçant leur détermination.

Soudain, une lueur émeraude émanant de l'entrée de la caverne attira leur attention. Lucien se leva prudemment, avançant vers la source de cette lumière. Là, sous un amas de pierres, il découvrit une petite sphère lumineuse, semblable à celle de la Source de Mémoire.

« Qu'est-ce que c'est ? » demanda Elias en s'approchant.

Lucien tendit la main pour toucher la sphère, et immédiatement, des visions envahirent son esprit. Il se vit marchant dans les rues d'une cité perdue, entouré de silhouettes éthérées. Elles parlaient une langue ancienne, mais leurs intentions étaient claires : elles lui montraient le chemin vers un sanctuaire caché au cœur du désert.

Revenant à lui, Lucien expliqua ce qu'il avait vu. « Cette sphère nous montre la voie. Il y a un sanctuaire caché dans le désert, un endroit où nous trouverons des réponses et, peut-être, l'artefact que nous cherchons. »

Claire et Elias, inspirés par cette nouvelle révélation, se préparèrent à partir dès que la tempête se calmerait. Ils savaient que chaque moment comptait et que les ténèbres ne cesseraient pas leur progression.

Le vent hurla toute la nuit, mais à l'aube, la tempête commença à s'apaiser. Le soleil se leva sur un paysage transformé, les dunes ayant changé de forme sous l'assaut du sable. Forts de leur nouvelle direction, ils quittèrent la caverne et se remirent en marche, guidés par les visions de Lucien et la lumière émeraude de la sphère.

La lumière émeraude de la sphère guida Lucien, Claire et Elias à travers le désert, illuminant leur chemin avec une intensité croissante à mesure qu'ils approchaient de leur destination. La chaleur était toujours accablante, mais leur espoir renouvelé par la découverte de la sphère les poussait à continuer, malgré la fatigue et les épreuves.

Après plusieurs heures de marche, ils arrivèrent devant une vaste étendue de sable entourée de rochers imposants. Au centre, un escalier de pierre menait vers le bas, vers les profondeurs cachées du désert.

« C'est ici, » murmura Lucien, ses yeux brillants d'excitation. « Le sanctuaire caché. »

Ils descendirent les marches de pierre, la fraîcheur du sous-sol offrant un répit bienvenu après la chaleur accablante du désert. La lumière de la sphère émeraude éclairait leur chemin, révélant des fresques et des inscriptions anciennes gravées dans les murs. Chaque pas résonnait dans le silence sacré du sanctuaire, créant une atmosphère solennelle.

Au bout de l'escalier, ils pénétrèrent dans une immense salle circulaire. Le plafond était orné de motifs complexes représentant des constellations et des figures mythiques. Au centre de la salle se trouvait un autel en pierre, entouré de colonnes gravées de symboles magiques.

Claire s'approcha de l'autel, observant les gravures avec attention. « Ces inscriptions... elles parlent d'un artefact appelé le Cœur de Lumière. Un artefact capable de repousser les ténèbres les plus puissantes. »

Lucien hocha la tête, se rappelant les visions de la Source de Mémoire. « C'est ce que nous cherchons. Le Cœur de Lumière. »

Elias, toujours vigilant, examina les alentours. « Nous devons être prudents. Si cet artefact est aussi puissant que les légendes le disent, il est sûrement protégé par des enchantements ou des gardiens. »

Soudain, la sphère émeraude s'éleva dans les airs, émettant une lumière éclatante. Les symboles sur les colonnes s'illuminèrent en réponse, et un mécanisme ancien se mit en marche. L'autel s'ouvrit lentement, révélant une cavité cachée où reposait un cristal brillant, irradiant une énergie pure et bienveillante.

« Le Cœur de Lumière, » murmura Claire, fascinée par la beauté de l'artefact.

Lucien tendit la main pour le prendre, mais une barrière magique les repoussa. Une voix ancienne et puissante résonna dans la salle.

« Seuls ceux qui prouvent leur pureté et leur courage peuvent prétendre au Cœur de Lumière. »

Une lumière aveuglante envahit la salle, et les trois compagnons se retrouvèrent transportés dans un espace mystique. Devant eux se dressait une figure éthérée, un ancien gardien du sanctuaire. Son visage était bienveillant, mais son regard perçant semblait sonder leurs âmes.

« Vous avez traversé bien des épreuves pour arriver jusqu'ici, » dit le gardien. « Mais avant de pouvoir prendre le Cœur de Lumière, vous devez montrer que vous êtes dignes de sa puissance. »

Le gardien leva la main, et trois épreuves apparurent devant eux, chacune correspondant à un élément différent : feu, eau et air.

« Choisissez une épreuve, et montrez votre valeur, » ordonna le gardien.

Lucien s'avança vers l'épreuve du feu. « Je prendrai celle-ci. »

Claire choisit l'épreuve de l'eau, tandis qu'Elias se dirigea vers celle de l'air. Chaque épreuve les transporta dans un environnement distinct, où ils devaient faire preuve de courage, de sagesse et de persévérance.

Lucien se retrouva dans une salle remplie de flammes dansantes. Il devait manipuler le feu avec précision et contrôle, créant des chemins sécurisés et maîtrisant des tempêtes de feu pour atteindre le cristal brillant au centre.

Claire, dans une vaste étendue d'eau, devait apaiser les courants tumultueux et utiliser sa magie de guérison pour purifier l'eau, révélant ainsi le chemin vers le cristal sous-marin.

Elias, face à des vents hurlants et des bourrasques violentes, devait montrer sa force et sa résilience. Il navigua à travers une tempête aérienne, utilisant son agilité et sa bravoure pour atteindre le cristal suspendu dans les airs.

Après des épreuves éprouvantes, ils réussirent chacun à obtenir leur cristal et revinrent dans la salle centrale du sanctuaire. Les cristaux fusionnèrent, créant une lumière éclatante qui dissipa la barrière magique.

Le gardien éthéré s'inclina devant eux. « Vous avez prouvé votre valeur. Le Cœur de Lumière est à vous. Utilisez-le avec sagesse et courage. »

Lucien prit délicatement l'artefact, ressentant une énergie bienfaisante le traverser. Claire et Elias ressentirent également cette puissance, leur détermination renforcée.

« Nous devons retourner à Brumecôte, » déclara Lucien. « Avec le Cœur de Lumière, nous avons une chance de repousser les ténèbres et de protéger notre monde. »

Ils quittèrent le sanctuaire, l'artefact en main, prêts à affronter les épreuves à venir. Leur mission n'était pas terminée, mais ils étaient maintenant armés de la puissance du Cœur de Lumière, un symbole d'espoir et de courage dans leur lutte contre les forces obscures.

67

Chapitre 11 : Retour à Brumecôte

Le retour à Brumecôte fut à la fois un soulagement et un rappel poignant des défis qui les attendaient. Le paysage familier de la ville, avec ses tours imposantes et ses rues animées, semblait presque inchangé, mais une tension palpable flottait dans l'air. Les ténèbres qu'ils avaient ressenties lors de leur départ semblaient s'être intensifiées, rendant chaque recoin plus sombre, chaque murmure plus inquiétant.

Lucien, Claire et Elias entrèrent dans la ville en gardant le Cœur de Lumière précieusement dissimulé. Leur premier arrêt fut la bibliothèque de la Guilde des Sages, où le grand maître Eldrin les attendait. Son visage, marqué par les années et la sagesse, s'illumina en les voyant franchir le seuil.

« Vous êtes revenus, » dit-il avec un mélange de soulagement et de gravité. « Et je sens que vous portez avec vous quelque chose de puissant. »

Lucien hocha la tête et sortit l'artefact de sous son manteau, la lumière du Cœur de Lumière brillant doucement dans la pénombre de la bibliothèque. Eldrin s'approcha, ses yeux écarquillés d'émerveillement.

« C'est le Cœur de Lumière, » murmura-t-il. « Une relique légendaire. Avec cela, nous avons une chance réelle contre les ténèbres. »

Claire, observant les parchemins et les livres anciens, demanda : « Quels sont nos prochains pas ? Comment utilisons-nous cet artefact pour repousser les ombres ? »

Eldrin réfléchit un moment avant de répondre. « Le Cœur de Lumière doit être activé dans un lieu de grande puissance magique, un endroit où les énergies de la terre et du ciel convergent. Ce lieu est la Pierre de Lune, un ancien cercle de pierres situé au sommet de la Montagne des Anciens. »

Elias prit une profonde inspiration. « Cela signifie que notre voyage n'est pas terminé. Nous devons atteindre la Montagne des Anciens et activer l'artefact avant que les ténèbres ne nous submergent. »

Eldrin acquiesça. « Exactement. Et le temps presse. Les forces des ténèbres semblent s'agiter, comme si elles sentaient que leur fin pourrait être proche. Vous devez partir immédiatement. »

Après un bref repos et des préparatifs hâtifs, les trois compagnons se mirent en route vers la Montagne des Anciens. La montée fut ardue, le chemin rocailleux et escarpé mettant à l'épreuve leur endurance et leur détermination. Mais leur esprit restait inébranlable, nourri par la vision d'un monde libéré de l'emprise des ténèbres.

La nuit tombait lorsqu'ils atteignirent le sommet. La vue depuis le sommet de la montagne était à couper le souffle : les étoiles brillaient intensément dans le ciel clair, et la lueur de la lune baignait le cercle de pierres d'une lumière argentée.

« Nous y sommes, » déclara Lucien en avançant vers le centre du cercle. Il plaça le Cœur de Lumière sur un autel de pierre ancien, exactement comme Eldrin l'avait décrit.

Claire et Elias se positionnèrent de part et d'autre de l'autel, leurs mains jointes pour canaliser leur énergie vers l'artefact. Lucien ferma les yeux et récita les incantations que le grand maître leur avait enseignées, sa voix résonnant dans l'air frais de la montagne.

Soudain, le Cœur de Lumière s'illumina de manière éclatante, projetant des rayons de lumière pure dans toutes les directions. Les pierres du cercle commencèrent à vibrer, émettant un bourdonnement harmonique qui sembla résonner avec la terre elle-même.

Une onde de lumière se répandit du cercle de pierres, traversant la montagne et s'étendant à travers la vallée, dissipant les ombres et apportant une clarté renouvelée. Les ténèbres qui pesaient sur Brumecôte et ses environs furent repoussées, remplacées par une lumière bienveillante qui réchauffa les cœurs et apaisa les esprits.

Lucien, Claire et Elias ressentirent une immense vague de soulagement et de triomphe. Ils avaient réussi. Le Cœur de Lumière avait été activé, et les ténèbres avaient été vaincues, du moins pour l'instant.

Mais alors qu'ils savouraient ce moment de victoire, une ombre passa furtivement entre les pierres du cercle. Une voix basse et menaçante se fit entendre, résonnant dans l'air clair de la nuit.

« Vous avez peut-être gagné cette bataille, mais la guerre est loin d'être terminée. »

Lucien, Claire et Elias se tournèrent pour voir une silhouette sombre se détacher de la lueur des pierres. Une figure encapuchonnée, ses yeux brillant d'une lueur malveillante, se tenait là, observant le cercle avec un sourire sinistre.

« Qui êtes-vous ? » demanda Elias, brandissant son épée.

La silhouette ricana. « Je suis le messager de l'ombre, le héraut de la nuit éternelle. Vous avez peut-être retardé l'inévitable, mais la véritable menace est encore à venir. Préparez-vous, héros. Ce n'était que le commencement. »

Avant qu'ils ne puissent réagir, la silhouette disparut dans un tourbillon de fumée noire, laissant derrière elle une sensation de malaise. Le message était clair : bien que la lumière ait triomphé cette fois-ci, les ténèbres n'avaient pas dit leur dernier mot.

Lucien serra les poings, sa détermination renouvelée. « Nous avons réussi aujourd'hui, mais nous devons rester vigilants. Les ténèbres reviendront, et nous serons prêts. »

Claire et Elias acquiescèrent, leurs visages empreints de résolution. Leur quête n'était pas terminée. Avec le Cœur de Lumière à leurs côtés, ils étaient prêts à affronter les défis à venir, déterminés à protéger leur monde des forces obscures qui cherchaient à le détruire.

Le retour à Brumecôte après avoir activé le Cœur de Lumière fut marqué par une atmosphère de soulagement et d'espoir renouvelé. Les habitants, sortant de leurs demeures, regardaient avec admiration et gratitude Lucien, Claire et Elias. La ville, baignée dans une lumière bienveillante, semblait renaître de ses cendres. Cependant, nos héros savaient que la menace n'était pas complètement écartée.

Le lendemain de leur retour, le Conseil des Sages convoqua une réunion urgente. La salle du conseil, située au sommet de la plus haute tour de Brumecôte, offrait une vue panoramique sur la ville et ses environs. Les membres du conseil, vêtus de robes richement ornées, étaient assis en cercle autour d'une grande table de marbre.

Le grand maître Eldrin prit la parole en premier, sa voix grave et solennelle. « Lucien, Claire, Elias, vous avez accompli un exploit remarquable en ramenant le Cœur de Lumière et en l'activant pour repousser les ténèbres. Mais comme vous l'avez signalé, une nouvelle menace se profile. Qui était ce messager de l'ombre ? »

Lucien se redressa, ses yeux reflétant la détermination. « Il s'est présenté comme le héraut de la nuit éternelle. Il a averti que la véritable menace était encore à venir. Nous devons nous préparer à une confrontation plus grande et plus périlleuse. »

Les murmures inquiets des membres du conseil se firent entendre. Eldrin leva la main pour demander le silence. « Nous devons comprendre l'origine de cette menace et trouver un moyen de la contrer. Le Cœur de Lumière nous a donné un répit, mais il ne suffira pas à lui seul. »

Claire intervint, sa voix empreinte de réflexion. « Les écrits anciens parlent d'une coalition des artefacts de lumière. Le Cœur de Lumière n'est que l'un d'entre eux. Il y aurait d'autres artefacts disséminés à travers le monde, chacun ayant une capacité unique pour combattre les ténèbres. »

Elias acquiesça. « Si nous pouvons trouver et réunir ces artefacts, nous aurons peut-être une chance de vaincre définitivement les forces obscures. »

Eldrin hocha la tête. « Très bien. Nous devons organiser des expéditions pour retrouver ces artefacts. Le conseil mettra toutes ses ressources à votre disposition. Mais soyez prudents. Les ténèbres ne resteront pas passives et chercheront à vous arrêter. »

La décision prise, les préparatifs commencèrent immédiatement. Le conseil cartographia les régions susceptibles de contenir les artefacts, se basant sur les légendes et les anciens manuscrits. Lucien, Claire et Elias, désormais accompagnés de quelques guerriers et érudits de confiance, se préparèrent à repartir.

Leur première destination fut la Forêt des Murmures, un lieu ancien et mystérieux situé à l'est de Brumecôte. Selon les textes, la forêt abritait le Miroir des Âmes, un artefact capable de révéler la véritable nature des êtres et de repousser les illusions des ténèbres.

Avant leur départ, Lucien passa un moment en prière silencieuse dans le temple de la ville, demandant la bénédiction des anciens dieux. Claire fit ses adieux à sa famille, promettant de revenir triomphante. Elias, quant à lui, affûta ses lames et vérifia une dernière fois son équipement, prêt à affronter les dangers à venir.

Ils partirent à l'aube, leurs silhouettes se découpant contre la lumière naissante. La route vers la Forêt des Murmures était longue et périlleuse, mais ils étaient déterminés. Chaque pas les rapprochait de leur objectif, leur mission devenant plus claire et plus urgente à chaque instant.

En approchant de la forêt, une brume épaisse et surnaturelle enveloppa leur chemin. Les arbres, imposants et séculaires, semblaient murmurer entre eux, leurs branches se balançant lentement dans un vent invisible. Une atmosphère de mystère et de magie planait dans l'air.

« Nous sommes arrivés, » dit Lucien en scrutant les ombres mouvantes de la forêt. « Restez sur vos gardes. La Forêt des Murmures est connue pour ses pièges et ses illusions. »

Ils pénétrèrent dans la forêt, chacun des sens en alerte. Les murmures s'intensifièrent, des voix indistinctes semblant émaner de nulle part et de partout à la fois. Claire se concentra, utilisant sa magie pour percer les illusions et guider le groupe.

Soudain, une silhouette éthérée apparut devant eux, une figure semblant faite de lumière et de brume. « Vous cherchez le Miroir des Âmes, » dit la figure d'une voix mélodieuse. « Pour l'obtenir, vous devez prouver la pureté de votre cœur et la clarté de votre esprit. »

Lucien s'avança. « Nous sommes prêts à relever le défi. Montre-nous le chemin. »

La figure éthérée s'inclina légèrement et se mit à flotter devant eux, les guidant à travers un labyrinthe d'arbres et de brouillard. Ils atteignirent finalement une clairière cachée, où se dressait un grand miroir ancien, son cadre orné de symboles mystiques.

« Le Miroir des Âmes, » murmura Claire, s'approchant prudemment. « Il est encore plus magnifique que ce que les légendes décrivent. »

Elias, toujours vigilant, observa les alentours. « Nous devons être prêts à toute éventualité. Les ténèbres pourraient essayer de nous empêcher de prendre cet artefact. »

Lucien posa une main sur le miroir, ressentant une énergie puissante émaner de sa surface. « Miroir des Âmes, révèle-nous la vérité et accorde-nous ta puissance pour combattre les ténèbres. »

Le miroir brilla intensément, et chacun d'eux vit leur reflet se transformer, révélant non seulement leur apparence extérieure mais aussi la véritable essence de leur être. Les épreuves qu'ils avaient traversées, leurs peurs, leurs espoirs, tout était mis à nu.

La lumière du miroir s'intensifia, puis se concentra en un rayon unique qui se dirigea vers le ciel, dissipant les dernières traces de brume. La forêt sembla s'apaiser, les murmures se transformant en une mélodie douce et harmonieuse.

« Vous avez réussi, » dit la figure éthérée. « Le Miroir des Âmes est désormais vôtre. Utilisez-le avec sagesse et courage. »

Lucien prit délicatement l'artefact, ressentant une connexion profonde avec sa lumière pure. Ils avaient réussi à obtenir le premier des artefacts nécessaires pour affronter les ténèbres. Mais leur quête était loin d'être terminée. D'autres artefacts les attendaient, chacun avec ses propres défis et mystères.

Le voyage de Lucien, Claire et Elias se poursuivait avec détermination et espoir. Après avoir acquis le Miroir des Âmes, leur prochain objectif était un artefact encore plus ancien : le Cristal des Étoiles, situé dans la cité perdue de Valemor. Selon les écrits anciens, ce cristal possédait le pouvoir d'amplifier la lumière et de repousser les ténèbres avec une intensité inimaginable.

La cité de Valemor, autrefois florissante, était maintenant engloutie sous des brumes éternelles et entourée de légendes de spectres et de gardiens invisibles. Peu de voyageurs avaient tenté d'y entrer, et encore moins en étaient ressortis. Pourtant, nos héros n'avaient d'autre choix que de s'y aventurer.

La route vers Valemor était sinueuse et dangereuse, serpentant à travers des montagnes escarpées et des vallées ombragées. Le paysage devenait de plus en plus désolé à mesure qu'ils approchaient de la cité perdue. Les arbres semblaient morts, leurs branches noircies par une présence maléfique, et le silence était oppressant.

Un matin, alors que le soleil peinait à percer les nuages sombres, ils atteignirent enfin les frontières de Valemor. Une épaisse brume recouvrait la vallée, rendant la visibilité presque nulle. Claire invoqua une lumière douce pour éclairer leur chemin, mais même cette lumière semblait faiblir face à l'opacité de la brume.

« Nous devons rester proches les uns des autres, » dit Lucien, sa voix résonnant doucement dans le silence pesant. « Cette brume n'est pas naturelle. »

Ils avancèrent prudemment, chaque pas semblant résonner dans l'immensité vide. La brume se refermait autour d'eux, créant des formes fantomatiques qui disparaissaient aussitôt qu'elles apparaissaient. La tension était palpable, chaque ombre devenant une potentielle menace.

Soudain, une silhouette apparut devant eux, émergeant de la brume. C'était une femme vêtue de robes anciennes, son visage marqué par une tristesse infinie. « Vous cherchez le Cristal des Étoiles, » dit-elle d'une voix douce mais emplie de désespoir.

« Oui, » répondit Claire. « Nous avons besoin de ce pouvoir pour repousser les ténèbres qui menacent notre monde. »

La femme hocha lentement la tête. « Beaucoup sont venus avant vous, mais peu ont compris le véritable coût de cet artefact. Le Cristal des Étoiles est gardé par les âmes des anciens habitants de Valemor. Pour l'obtenir, vous devez affronter leurs épreuves et prouver que votre cœur est pur. »

Elias prit une profonde inspiration. « Nous sommes prêts à relever ces défis. Guidez-nous. »

La femme fit un geste pour les suivre. Ils la suivirent à travers la brume, leurs pas les menant vers ce qui semblait être les ruines d'une grande cité. Des bâtiments autrefois majestueux, maintenant en ruines, se dressaient dans la brume, leurs formes indistinctes créant une atmosphère spectrale.

Ils atteignirent finalement un grand hall, dont les murs étaient ornés de fresques racontant l'histoire de Valemor. Au centre du hall, sur un piédestal de pierre, reposait le Cristal des Étoiles, brillant faiblement dans l'obscurité.

« Pour obtenir le cristal, » dit la femme, « vous devez affronter les gardiens de Valemor. »

À ces mots, des spectres éthérés apparurent autour d'eux, leurs formes translucides et leurs yeux brillant d'une lueur d'un bleu glacial. Les gardiens s'avancèrent lentement, leurs regards fixés sur les intrus.

Lucien se tint droit, prêt à utiliser le pouvoir du Miroir des Âmes. « Nous ne cherchons pas la confrontation. Nous venons pour sauver notre monde. »

Les spectres semblèrent hésiter, leurs mouvements ralentissant. Claire s'avança, tenant le Miroir des Âmes devant elle. « Regardez dans ce miroir et voyez la vérité de notre quête. Voyez que nos intentions sont pures. »

Les gardiens fixèrent le miroir, et peu à peu, leurs formes spectrales commencèrent à changer. Les visages tordus par la haine et la souffrance se transformèrent en expressions de paix et de reconnaissance. Les murmures de colère se transformèrent en chuchotements de gratitude.

Un des gardiens, désormais apaisé, s'approcha du piédestal et plaça une main éthérée sur le Cristal des Étoiles. « Vous avez prouvé votre valeur et la pureté de votre cœur. Le cristal est à vous. Utilisez-le pour apporter la lumière là où les ténèbres dominent. »

Lucien prit délicatement le cristal, ressentant une puissante énergie lumineuse émaner de lui. Les spectres, maintenant paisibles, les regardèrent avec des expressions bienveillantes avant de disparaître dans la brume.

La femme, qui s'était tenue à l'écart, s'approcha alors, un sourire triste mais reconnaissant sur le visage. « Vous avez libéré les âmes de Valemor. Le cristal vous aidera dans votre quête, mais rappelez-vous toujours que la lumière doit être guidée par la sagesse et la compassion. »

Claire hocha la tête. « Nous n'oublierons jamais. Merci pour votre aide. »

Alors qu'ils quittaient le hall, la brume commença à se dissiper, révélant les contours de la cité autrefois glorieuse. Ils reprirent leur route vers Brumecôte, désormais en possession du Cristal des Étoiles, conscients que chaque étape les rapprochait de la confrontation ultime avec les ténèbres.

Chapitre 12 : L'Oasis de Rêves

Le retour à Brumecôte avec le Cristal des Étoiles fut accueilli par des festivités et des éloges. Cependant, nos héros savaient que leur quête n'était pas terminée. Le Cristal des Étoiles, bien qu'incroyablement puissant, n'était qu'un des nombreux artefacts nécessaires pour vaincre les ténèbres. Leur prochaine destination était l'Oasis de Rêves, un lieu légendaire caché dans les profondeurs du Désert de Sable-d'Or

Selon les anciens manuscrits, l'Oasis de Rêves abritait le Sablier de Destin, un artefact capable de manipuler le temps et de révéler les vérités cachées. Cet artefact pouvait être crucial pour comprendre l'origine des ténèbres et trouver un moyen de les éradiquer définitivement.

Le voyage à travers le désert était périlleux. La chaleur écrasante du soleil de midi et les nuits glaciales exigeaient une préparation minutieuse. Eldrin, le grand maître, leur fournit des cartes anciennes et des provisions, ainsi que des vêtements appropriés pour les protéger des éléments.

Leur expédition comprenait cette fois un guide expérimenté, Kalim, un nomade du désert, dont la connaissance des dunes et des dangers cachés leur serait inestimable. Kalim, un homme aux traits marqués par les vents du désert et aux yeux perçants, les attendait à la sortie de la ville.

« L'Oasis de Rêves est un lieu mystérieux, » expliqua Kalim alors qu'ils quittaient Brumecôte. « On dit que ceux qui la cherchent doivent d'abord trouver la paix en eux-mêmes, car l'oasis ne se révèle qu'à ceux dont les cœurs sont purs et les esprits clairs. »

Les jours passèrent, chaque étape du voyage à travers le désert les rapprochant de leur objectif. Les dunes semblaient s'étendre à l'infini, et chaque nuit, ils montaient un camp sous un ciel étoilé d'une beauté époustouflante. Pourtant, le désert n'était pas sans dangers. Des tempêtes de sable soudaines pouvaient surgir, et des créatures nocturnes se cachaient parmi les dunes.

Une nuit, alors qu'ils étaient rassemblés autour du feu de camp, Kalim raconta les légendes de l'Oasis de Rêves. « On dit que l'oasis est protégée par des esprits anciens, les Gardiens des Sables. Ils testent l'âme de chaque voyageur pour s'assurer de sa pureté. Si votre cœur est lourd de malice ou de doute, ils vous égareront dans les dunes, où vous errerez sans fin. »

Claire, regardant le feu, murmura : « Nous avons affronté bien des épreuves, et nous avons toujours triomphé grâce à notre détermination et notre unité. Je suis certaine que nous réussirons à atteindre l'oasis. »

Lucien acquiesça. « Nous devons rester concentrés et garder notre objectif en vue. Les ténèbres n'attendent pas, et chaque instant compte. »

Le lendemain, ils rencontrèrent leur premier véritable défi. Une tempête de sable se leva à l'horizon, un mur de poussière et de vent approchant à une vitesse alarmante. Kalim leur ordonna de se couvrir et de se rassembler étroitement, utilisant des bâches pour se protéger des rafales.

La tempête les enveloppa, créant une obscurité presque totale et rendant la respiration difficile. Les grains de sable fouettaient leurs visages, et chaque mouvement semblait une lutte contre une force implacable. Pourtant, malgré le chaos, ils restèrent unis, se soutenant mutuellement à travers l'épreuve.

Après ce qui sembla une éternité, la tempête se dissipa aussi soudainement qu'elle était apparue. Émergeant de leur abri de fortune, ils constatèrent avec soulagement qu'ils étaient tous indemnes, bien que fatigués et couverts de sable.

« C'était un avertissement, » dit Kalim en secouant le sable de ses vêtements. « Le désert teste toujours ceux qui cherchent l'oasis. Mais nous avons résisté. »

Finalement, après plusieurs jours de marche supplémentaire, ils atteignirent un lieu où le paysage désertique commençait à changer. Des palmiers émergeaient parmi les dunes, et une brise fraîche portait l'odeur de l'eau. Le cœur battant, ils avancèrent jusqu'à ce que l'oasis apparût devant eux, une étendue verdoyante au milieu du désert aride.

L'oasis était d'une beauté enchanteresse, avec des arbres luxuriants et une eau cristalline scintillant sous le soleil. En son centre se trouvait un autel ancien, sur lequel reposait le Sablier de Destin. L'artefact était d'une magnificence inattendue, son verre renfermant des grains de sable lumineux semblant danser au rythme d'une mélodie invisible.

Alors qu'ils s'approchaient, des figures éthérées apparurent autour de l'autel : les Gardiens des Sables. Ces esprits anciens, semblant faits de lumière et de poussière, les observaient avec une intensité calme mais inébranlable.

Un des gardiens s'avança, sa voix résonnant comme un écho dans le vent. « Vous avez trouvé l'Oasis de Rêves. Pour obtenir le Sablier de Destin, vous devez prouver la pureté de votre cœur et l'intégrité de votre mission. »

Lucien, Claire et Elias se tinrent main dans la main, faisant face aux gardiens. Ils sentaient la gravité du moment, conscients que leur détermination et leur sincérité allaient être mises à l'épreuve.

Le gardien étendit une main vers eux. « Placez vos mains sur le sablier et laissez-le juger de la vérité de vos intentions. »

Ils s'exécutèrent, chacun posant une main sur le sablier. Une lumière éclatante jaillit de l'artefact, les enveloppant dans une aura de clarté et de chaleur. Ils ressentirent une vague de paix les envahir, comme si le sablier sondait les tréfonds de leur âme.

Les gardiens observèrent en silence, puis hochèrent la tête en signe d'approbation. « Vous avez prouvé votre pureté. Le Sablier de Destin est à vous. Utilisez-le avec sagesse pour éclairer les ténèbres et guider votre chemin. »

Lucien prit délicatement le sablier, sentant son poids léger mais chargé de pouvoir. L'artefact semblait vibrer d'une énergie temporelle, comme si chaque grain de sable contenait un fragment d'éternité.

« Merci, » dit Claire avec gratitude, s'inclinant devant les gardiens.

Elias sourit, son regard déterminé. « Nous ne décevrons pas votre confiance. »

Alors qu'ils quittaient l'oasis, la lumière du sablier illuminant leur chemin, ils savaient que leur mission venait de franchir une nouvelle étape cruciale. Avec le Sablier de Destin en leur possession, ils étaient plus proches que jamais de comprendre et de vaincre les ténèbres.

Après leur succès à l'Oasis de Rêves, Lucien, Claire, Elias et leur guide Kalim retournèrent à Brumecôte pour se préparer à leur prochaine mission. L'accueil chaleureux des habitants leur donna une énergie nouvelle, mais ils ne purent se permettre de se reposer longtemps. Le Conseil des Sages les attendait, une nouvelle carte ancienne déployée devant eux.

« Nous avons identifié le prochain artefact, » déclara Eldrin, le grand maître. « Il s'agit du Cristal de l'Aube, un joyau légendaire capable de concentrer la lumière en un rayon pur et destructeur. Il se trouve dans les profondeurs des Mines de Luminor. »

Les Mines de Luminor, situées sous les montagnes d'Argent, étaient célèbres pour leurs tunnels labyrinthiques et les créatures redoutables qui y rôdaient. Mais c'était aussi un endroit riche en minéraux et cristaux, des ressources précieuses pour ceux qui osaient braver ses dangers.

« Vous devrez être prudents, » avertit Eldrin. « Les mines sont instables et grouillent de dangers. Mais le Cristal de l'Aube est indispensable à notre lutte contre les ténèbres. »

Le groupe se mit en route, accompagné cette fois de Thorin, un nain robuste et expérimenté qui connaissait bien les mines. Avec son aide, ils espéraient naviguer plus facilement à travers les tunnels complexes et dangereux.

Après plusieurs jours de voyage, ils atteignirent l'entrée des Mines de Luminor. L'air y était froid et humide, et une obscurité palpable régnait à l'intérieur. Thorin alluma une lanterne, dont la lumière vacillante perçait à peine l'obscurité environnante.

« Suivez-moi de près, » dit Thorin en menant le groupe à l'intérieur. « Les tunnels sont nombreux et traîtres, et il est facile de s'y perdre. »

Leurs pas résonnaient dans les vastes galeries, chaque écho semblant ramener des murmures des profondeurs. Ils avancèrent prudemment, évitant les crevasses et les passages effondrés, et s'arrêtèrent souvent pour que Thorin puisse vérifier la stabilité des structures.

Après plusieurs heures de marche, ils atteignirent une grande caverne ornée de cristaux scintillants. La lumière de la lanterne se réfléchissait sur les parois, créant une atmosphère presque magique.

« Nous nous rapprochons, » dit Thorin en examinant les cristaux. « Les légendes parlent d'une salle secrète au cœur des mines, où le Cristal de l'Aube est caché. »

Alors qu'ils s'avançaient plus profondément dans les mines, les tunnels devenaient de plus en plus étroits et sinueux. La chaleur montait, rendant l'air lourd et difficile à respirer. Soudain, un grondement sourd résonna, et le sol se mit à trembler.

« C'est un éboulement ! » cria Thorin. « Courez ! »

Ils se précipitèrent pour éviter les rochers qui s'effondraient autour d'eux, réussissant de justesse à se réfugier dans une alcôve. Le tunnel principal s'était effondré, les bloquant de l'autre côté.

« Nous devons trouver un autre chemin, » dit Lucien, essuyant la sueur de son front.

Thorin hocha la tête. « Suivez-moi, il y a une ancienne voie que peu connaissent. Elle est dangereuse, mais c'est notre seule option. »

Ils suivirent Thorin à travers une série de tunnels étroits et escarpés, jusqu'à atteindre une caverne immense et cachée. Au centre de cette caverne se trouvait un piédestal de pierre, sur lequel reposait un cristal d'une pureté éclatante, rayonnant d'une lumière dorée.

« Le Cristal de l'Aube, » murmura Claire, émerveillée par la beauté de l'artefact.

Mais avant qu'ils ne puissent s'approcher, un rugissement retentit. Une créature gigantesque, mi-rocher mi-dragon, émergea de l'obscurité, ses yeux rougeoyants fixés sur eux.

« Le Gardien des Mines, » dit Thorin en dégainant son marteau. « Préparez-vous au combat. »

La bataille fut féroce. La créature, capable de manipuler la roche et de projeter des éclats de cristal, attaquait avec une force redoutable. Lucien utilisa le Miroir des Âmes pour révéler les points faibles de la créature, tandis qu'Elias et Thorin frappaient avec précision et puissance. Claire, quant à elle, invoquait des boucliers de lumière pour protéger le groupe.

Malgré leur fatigue et les blessures, ils réussirent à affaiblir le gardien. Avec un dernier effort, Lucien concentra la lumière du Sablier de Destin et la dirigea vers la créature, la transformant en poussière scintillante.

Essoufflés mais victorieux, ils s'approchèrent du Cristal de l'Aube. Lucien tendit la main et le prit délicatement, sentant une énergie pure et intense se diffuser à travers lui.

« Nous l'avons, » dit-il avec un sourire épuisé mais satisfait. « Le Cristal de l'Aube est en notre possession. »

Ils quittèrent les mines avec précaution, suivant Thorin à travers des tunnels moins instables. À la sortie, la lumière du jour et l'air frais les accueillirent, offrant un contraste saisissant avec l'obscurité et la chaleur des mines.

Chapitre 13 : Les Entrailles de l'Oubli

De retour à Brumecôte, nos héros furent accueillis comme des légendes vivantes. Le Cristal de l'Aube brillait intensément dans les mains de Lucien, illuminant l'espoir de toute une ville. Cependant, ils savaient que leur voyage était loin d'être terminé. Les artefacts rassemblés formaient une mosaïque incomplète, chaque pièce nécessaire pour affronter les ténèbres définitivement.

Le Conseil des Sages les attendait avec une nouvelle mission : un dernier artefact à trouver. Cette fois, il s'agissait du Tombeau de l'Obscurité, un lieu légendaire enterré dans les profondeurs de la terre, où reposait le Sceptre des Ombres. Contrairement aux autres artefacts de lumière, ce sceptre possédait le pouvoir de contrôler et de manipuler les ténèbres. Pour vaincre leur ennemi, nos héros devaient comprendre et maîtriser cet équilibre délicat entre lumière et obscurité.

« Ce sera votre épreuve la plus difficile, » annonça Eldrin. « Les Entrailles de l'Oubli ne pardonnent pas. »

L'équipe se prépara minutieusement pour cette expédition périlleuse. Ils s'équipèrent de cordes, de torches et de provisions pour un voyage sous terre. Ils furent rejoints par Aelric, un mage spécialiste des ténèbres et de leurs secrets, dont les connaissances seraient cruciales pour naviguer dans les abysses.

Le voyage commença par une marche longue et silencieuse à travers la forêt de Bruméciel, jusqu'à l'entrée cachée des Entrailles de l'Oubli, une fissure béante dans la terre entourée de ruines anciennes. Le silence des lieux était lourd, oppressant, comme si la terre elle-même retenait son souffle.

« L'entrée du tombeau se trouve au plus profond de ces cavernes, » expliqua Aelric, allumant une torche dont la lumière tremblotante projetait des ombres dansantes sur les murs de pierre. « Nous devons avancer avec prudence. »

Ils descendirent lentement dans les ténèbres, chaque pas résonnant dans le silence des profondeurs. Les murs des tunnels étaient couverts de glyphes anciens, des symboles oubliés de protection et de mise en garde. Aelric les déchiffra à voix haute, révélant des histoires de gardiens oubliés et de malédictions anciennes.

Après plusieurs heures de descente, ils atteignirent une vaste caverne souterraine. Au centre, un lac noir reflétait la lumière de leurs torches, créant une illusion de profondeur infinie. Une île rocheuse émergeait de ce lac, sur laquelle se dressait une porte massive, ornée de symboles obscurs.

« C'est l'entrée du Tombeau de l'Obscurité, » dit Aelric en s'approchant prudemment. « Il nous faudra traverser ce lac pour y accéder. »

Ils construisirent un radeau de fortune avec des planches et des cordes qu'ils avaient apportées, et commencèrent à traverser le lac. L'eau noire était glaciale, et des remous inquiétants trahissaient la présence de créatures inconnues en dessous.

Soudain, une vague secoua le radeau, et des tentacules sombres surgirent des profondeurs, attaquant avec une rapidité effrayante. Elias, réagissant avec une vitesse éclatante, dégaina son épée et coupa un des tentacules, mais d'autres prenaient sa place.

« Utilisez le Cristal de l'Aube ! » cria Claire, sa voix résonnant dans la caverne.

Lucien brandit le cristal, et une lumière éclatante jaillit, repoussant les créatures dans un sifflement de douleur. La lumière traversait les ténèbres du lac, créant un chemin sûr jusqu'à l'île. Ils avancèrent rapidement, atteignant enfin la porte massive.

Aelric étudia les symboles sur la porte et commença à incanter une formule ancienne. Les glyphes s'illuminèrent et la porte s'ouvrit lentement, révélant un escalier descendant encore plus profondément.

Ils descendirent les marches avec prudence, sentant une présence grandissante de magie noire. Au bout de l'escalier, ils arrivèrent dans une salle immense et sombre, où flottait une aura de pouvoir ancien. Au centre de la salle, sur un piédestal d'obsidienne, se trouvait le Sceptre des Ombres.

« Voilà notre objectif, » murmura Lucien, sentant l'intensité du pouvoir qui émanait du sceptre.

Mais avant qu'ils ne puissent s'approcher, des ombres se matérialisèrent autour du piédestal, prenant la forme de gardiens spectrales, leurs yeux brillant d'une lueur sinistre. Les ombres s'approchèrent lentement, leurs intentions claires.

« Pour obtenir le sceptre, vous devez affronter vos propres ténèbres, » déclara l'un des gardiens, sa voix résonnant comme un écho lointain.

Chacun des héros se trouva soudainement isolé, enveloppé dans une obscurité profonde. Dans cette obscurité, ils faisaient face à des visions de leurs peurs et de leurs regrets les plus profonds. Claire revit des moments de doute et de faiblesse, Lucien affronta des visions de son passé et de ses erreurs, Elias combattit des souvenirs de pertes et de trahisons, et Aelric fut confronté à la tentation de la magie noire qu'il avait autrefois combattue.

Cependant, ils avaient appris à se connaître et à se soutenir mutuellement tout au long de leur quête. Grâce à leur force intérieure et à leur lien indéfectible, ils surmontèrent ces épreuves, dissipant les ombres par leur détermination et leur volonté inébranlable.

Lorsque la lumière revint, ils se tenaient à nouveau ensemble, plus forts et plus unis. Les gardiens spectrales, reconnaissant leur victoire, s'inclinèrent et disparurent, laissant le Sceptre des Ombres accessible.

Lucien prit délicatement le sceptre, sentant son pouvoir immense et sombre. « Nous devons l'utiliser avec sagesse et précaution, » dit-il. « Le pouvoir des ténèbres peut être un allié puissant, mais il est aussi dangereux. »

Ils quittèrent le Tombeau de l'Obscurité, remontant à la surface avec le dernier artefact en leur possession. La lumière du jour et l'air frais les accueillirent, et ils ressentirent une nouvelle force et une nouvelle détermination.

De retour à Brumecôte, les habitants sentirent immédiatement le changement d'atmosphère. Les héros étaient revenus non seulement victorieux, mais porteurs d'une gravité et d'une force nouvelles. Le Sceptre des Ombres complétait désormais leur collection d'artefacts, leur conférant un pouvoir immense mais aussi une responsabilité écrasante.

Eldrin et le Conseil des Sages les attendaient dans la grande salle du conseil, l'air solennel. Sur une grande table en bois étaient disposés les artefacts : le Miroir des Âmes, le Cristal des Étoiles, le Sablier de Destin, le Cristal de l'Aube et, maintenant, le Sceptre des Ombres.

« Vous avez réussi l'impensable, » déclara Eldrin, ses yeux brillant d'admiration et de respect. « Vous avez réuni les artefacts nécessaires pour combattre les ténèbres. Mais le véritable défi commence maintenant. »

Ils devaient maintenant trouver un moyen de combiner les pouvoirs des artefacts pour former une arme ultime, capable de détruire définitivement les forces obscures. Pour cela, ils devaient se rendre au Sanctuaire des Éléments, un lieu ancien et sacré où les quatre éléments – terre, air, feu et eau – convergent en harmonie parfaite.

« Le Sanctuaire des Éléments est un lieu de grande puissance, » expliqua Eldrin. « C'est là que les artefacts peuvent être fusionnés. Mais soyez prudents, car cette fusion doit être effectuée avec une grande précision et une pureté d'intention absolue. »

La préparation pour ce voyage fut intense. Ils se dotèrent de nouvelles armes et armures forgées spécialement pour eux, et Aelric, le mage, leur donna des talismans de protection pour les aider à canaliser les énergies élémentaires. Les adieux furent courts mais empreints d'émotion, chaque habitant de Brumecôte sachant que le destin du monde reposait sur leurs épaules.

Le Sanctuaire des Éléments était situé au cœur des Montagnes de l'Éternité, un lieu où peu de mortels avaient mis les pieds. Le voyage fut ardu, chaque pas les rapprochant de leur destination tout en les éprouvant physiquement et mentalement.

Après des jours de marche et d'escalade, ils atteignirent enfin l'entrée du sanctuaire, une immense porte de pierre ornée de symboles représentant les quatre éléments. Aelric récita une incantation ancienne, et la porte s'ouvrit lentement, révélant un passage lumineux.

À l'intérieur, le sanctuaire était d'une beauté à couper le souffle. Des cascades d'eau pure, des flammes dansantes, des vents tourbillonnants et des formations rocheuses majestueuses se combinaient en une symphonie naturelle parfaite. Au centre, un autel de cristal attendait, baigné dans une lumière éthérée.

« C'est ici, » murmura Claire, ressentant la puissance du lieu. « Nous devons placer les artefacts sur l'autel. »

Avec précaution, ils déposèrent un à un les artefacts sur l'autel. Lorsque le dernier artefact fut en place, une énergie intense se mit à émaner de l'autel, enveloppant le sanctuaire dans une lumière éclatante. Les éléments réagirent, l'eau scintillant de mille feux, les flammes dansant avec plus de vigueur, les vents soufflant avec une douce mélodie et la terre vibrant sous leurs pieds.

Lucien, tenant fermement le Sceptre des Ombres, s'avança pour le placer au centre de l'autel. Une lumière noire et dorée jaillit du sceptre, fusionnant avec les autres artefacts. La fusion des pouvoirs créa une aura de pure énergie, pulsant avec un rythme presque vivant.

Soudain, une voix ancienne résonna dans le sanctuaire, semblant émaner de la terre elle-même. « Vous avez rassemblé les forces de lumière et d'ombre. Pour achever cette union, vous devez prouver votre unité et votre pureté d'intention. »

Les éléments commencèrent à se déchaîner, testant leur détermination. Des vents violents tentaient de les déséquilibrer, des flammes surgissaient, des vagues d'eau menaçaient de les engloutir et la terre se fissurait sous leurs pieds.

Ils se rassemblèrent, formant un cercle autour de l'autel, leurs mains entrelacées. « Nous devons rester unis, » cria Elias par-dessus le rugissement des éléments. « C'est notre force. »

Ensemble, ils commencèrent à réciter une prière de l'unité, leurs voix s'élevant en harmonie. Les artefacts sur l'autel commencèrent à réagir, leurs lumières se mélangeant en un faisceau pur de lumière dorée et noire. Les éléments se calmèrent progressivement, répondant à la pureté de leur intention.

Finalement, l'énergie fusionna en une sphère brillante, flottant au-dessus de l'autel. « C'est l'Arme de l'Équilibre, » murmura Aelric, ses yeux écarquillés de respect et de crainte. « Le pouvoir ultime pour combattre les ténèbres. »

Lucien tendit la main et saisit la sphère. Une énergie immense le traversa, mais il ressentit aussi une clarté et une force qu'il n'avait jamais connues auparavant. « Nous sommes prêts, » dit-il avec une détermination renouvelée.

Ils quittèrent le sanctuaire avec l'Arme de l'Équilibre en leur possession, prêts pour l'affrontement final. Chaque pas qu'ils faisaient était maintenant empreint de la certitude que leur mission touchait à sa fin. La lumière et les ténèbres allaient enfin s'affronter dans une bataille décisive.

Chapitre 14 : La Veillée de l'Apocalypse

De retour à Brumecôte, la nouvelle de la création de l'Arme de l'Équilibre se répandit rapidement, apportant une lueur d'espoir à tous ceux qui luttaient contre les ténèbres. Le Conseil des Sages, les habitants et les guerriers de la ville se rassemblèrent pour une veillée, préparant leurs esprits et leurs cœurs pour la bataille imminente.

Lucien, Claire, Elias, et Aelric se tenaient au centre de la place, entourés par une foule silencieuse. L'Arme de l'Équilibre, maintenant sous la forme d'une orbe flottante, brillait d'une lumière douce mais puissante.

Eldrin prit la parole, sa voix résonnant avec une autorité calme et une profonde émotion. « Nous sommes arrivés à un moment charnière de notre histoire. Grâce au courage et à la détermination de nos héros, nous avons une chance de repousser les ténèbres une fois pour toutes. Mais ce ne sera pas sans sacrifice. Chacun de nous doit être prêt à se battre, à défendre notre terre et nos proches. »

Les mots d'Eldrin furent suivis d'un silence solennel, chaque individu présent réfléchissant à ce qu'ils étaient prêts à sacrifier pour la lumière. Le vent soufflait doucement, portant avec lui des murmures d'encouragement et des prières silencieuses.

Lucien prit une profonde inspiration et s'avança, tenant l'Arme de l'Équilibre devant lui. « Nous avons parcouru un long chemin, » dit-il. « Et maintenant, nous sommes face à notre plus grand défi. Nous devons unir nos forces, nos espoirs et notre détermination. Ensemble, nous pouvons vaincre. Ensemble, nous vaincrons. »

Les yeux de Claire brillèrent de détermination. « Nous avons combattu les ombres et affronté nos propres ténèbres. Nous sommes prêts pour cette bataille finale. »

Elias hocha la tête, son épée scintillant à la lumière de l'orbe. « Pour Brumecôte, pour notre monde, nous nous tiendrons ensemble. »

Aelric ajouta, sa voix empreinte de sagesse et de gravité. « La magie des ténèbres est puissante, mais elle ne peut pas rivaliser avec la lumière de l'unité et de l'espoir. Nous avons l'arme ultime, mais c'est notre esprit collectif qui fera la différence. »

La foule répondit avec des acclamations, leur énergie collective créant une vague de force et de résilience. La veillée se transforma en une cérémonie de préparation, où chaque personne renouvelait son engagement envers la cause commune. Des feux de camp furent allumés, des chants et des prières s'élevèrent dans la nuit, créant une atmosphère de solidarité et de détermination.

Pendant la nuit, Lucien et ses compagnons prirent un moment pour se recueillir et réfléchir. Ils s'assirent autour d'un feu, partageant des souvenirs et des espoirs pour l'avenir. La camaraderie et l'amitié qu'ils avaient développées tout au long de leur quête étaient palpables, renforçant leur détermination à réussir.

« Nous avons affronté tant de défis ensemble, » dit Claire doucement. « Je sais que nous pouvons réussir. Nous devons juste croire en nous et en cette lumière que nous portons. »

« Nous avons le pouvoir de changer le cours des choses, » ajouta Elias. « Mais nous devons rester vigilants et unis. »

Aelric, contemplant les flammes dansantes, murmura. « Le véritable pouvoir réside dans l'équilibre. La lumière et les ténèbres, ensemble, créent l'harmonie. Nous devons utiliser cette arme avec sagesse. »

Alors que la nuit avançait, le groupe se sépara pour se reposer, sachant que l'aube apporterait la confrontation finale. Lucien resta un moment seul, tenant l'Arme de l'Équilibre et sentant son poids métaphorique. Il savait que la bataille à venir serait difficile, mais il avait foi en ses amis et en la cause pour laquelle ils se battaient

L'aube se leva sur Brumecôte, apportant avec elle une tension palpable et une attente anxieuse. Les habitants se rassemblèrent dans les rues, leurs regards fixés vers l'horizon où les premières lueurs du jour éclairaient le ciel.

Lucien, Claire, Elias, et Aelric se tenaient au sommet des remparts, observant les ténèbres se rassembler au loin. Des nuages noirs tourbillonnaient, annonçant l'arrivée imminente de l'ennemi.

« Ils approchent, » murmura Claire, sa voix portée par le vent.

Lucien resserra sa prise sur l'Arme de l'Équilibre, sentant une énergie pulsante au creux de ses mains. « Nous devons être prêts. »

La ville retentit soudainement d'une clameur alors que les premières lignes des forces obscures apparurent à l'horizon. Des hordes de créatures des ténèbres avançaient, leurs yeux brillant d'une lueur maléfique.

« C'est maintenant, » déclara Elias, son épée étincelant à la lumière du jour naissant.

Les habitants de Brumecôte se préparèrent à la bataille, leurs visages déterminés malgré la peur qui brûlait dans leurs cœurs. Les portes de la ville s'ouvrirent lentement, révélant une armée prête à défendre son foyer.

La bataille commença avec un grondement sourd, chaque côté se précipitant vers l'autre avec une fureur incontrôlable. Les cris de guerre et le fracas des armes résonnèrent dans l'air alors que la lutte pour la survie éclatait.

Lucien, Claire, Elias, et Aelric se frayèrent un chemin à travers les rangs ennemis, leur arme et leur magie fendait les ténèbres avec une puissance incroyable. Ils étaient les éclairs dans la tempête, l'espoir au cœur du désespoir.

L'Arme de l'Équilibre brillait d'une lumière éblouissante, repoussant les ombres avec une force éclatante. Les créatures des ténèbres reculaient devant sa puissance, leurs formes se dissipant sous son éclat purificateur.

Mais malgré leur courage et leur détermination, la bataille était difficile. Les pertes étaient lourdes des deux côtés, chaque coup porté apporto son lot de souffrance et de chagrin. Les rues de Brumecôte étaient le théâtre d'un conflit épique, où le destin d'un monde était en jeu.

Alors que la bataille atteignait son paroxysme, une figure sombre émergea des rangs ennemis. C'était le Seigneur des Ténèbres lui-même, sa silhouette imposante remplie de malice et de pouvoir.

« Vous êtes venus vous battre pour la lumière, » gronda-t-il, sa voix résonnant comme le tonnerre. « Mais la lumière est faible, fragile. Les ténèbres règneront toujours. »

Lucien leva l'Arme de l'Équilibre, sa lumière éclatant plus brillamment que jamais. « Nous sommes l'équilibre, » déclara-t-il d'une voix ferme. « Nous sommes la lumière et les ténèbres, ensemble. Et nous ne serons jamais vaincus. »

La bataille se poursuivit avec une intensité croissante, les forces de la lumière et des ténèbres s'affrontant avec une férocité inouïe. Chaque coup porté, chaque sort lancé, chaque acte de bravoure et de sacrifice était un pas de plus vers la victoire ou la défaite.

Au milieu du chaos, Lucien, Claire, Elias, et Aelric se battaient avec une détermination farouche, leurs esprits et leurs cœurs unis dans un but commun. Ils étaient les champions de la lumière, les gardiens de l'espoir, prêts à sacrifier tout pour protéger ce en quoi ils croyaient.

La bataille pour Brumecôte était une bataille pour l'avenir de leur monde, une lutte entre la lumière et les ténèbres, entre le bien et le mal. Et alors que les combattants s'épuisaient et que le soleil déclinait dans le ciel, l'issue de la bataille restait incertaine, suspendue à un fil fragile de détermination et de volonté.

La nuit tomba sur Brumecôte, et la bataille faisait rage sans relâche. Les cris de guerre, le fracas des armes et le rugissement des flammes remplissaient l'air, imprégnant chaque instant de tension et d'urgence.

Lucien, Claire, Elias, et Aelric luttaient sans relâche, leurs esprits et leurs corps poussés à leurs limites. Chaque coup porté, chaque sort lancé, était un acte de défiance contre les ténèbres qui menaçaient de les engloutir.

Le Seigneur des Ténèbres se dressait toujours, son ombre imposante obscurcissant le ciel. Mais il était affaibli, ses forces diminuées par la lumière éclatante de l'Arme de l'Équilibre. Ses serviteurs tombaient un par un, leurs formes disparaissant dans un tourbillon d'ombres.

Alors que la bataille atteignait son apogée, Lucien sentit une énergie immense affluer à travers lui. Il leva l'Arme de l'Équilibre vers le ciel, sa lumière éclatant comme un phare dans la nuit.

« Pour Brumecôte ! » cria-t-il, sa voix portée par la détermination et l'espoir.

Soudain, l'Arme de l'Équilibre déchaîna une onde de lumière pure, balayant les ténèbres avec une force irrésistible. Les créatures des ténèbres reculèrent, leurs formes se dissipant dans la lumière éblouissante.

Le Seigneur des Ténèbres, réalisant sa défaite imminente, tenta un dernier assaut désespéré. Mais ses attaques étaient vaines contre la puissance de l'Arme de l'Équilibre, qui brillait d'une lumière plus forte que jamais.

Finalement, avec un cri de défi et de rage, le Seigneur des Ténèbres fut repoussé, son ombre disparaissant dans les abysses d'où elle était venue. Les forces des ténèbres se retirèrent, leurs armées détruites et dispersées.

Brumecôte était sauvé.

La ville retentit d'une clameur de victoire alors que les habitants sortaient des abris et des maisons, se rassemblant dans les rues pour célébrer. Les héros furent acclamés comme des légendes vivantes, leurs noms chantés dans les rues.

Lucien, Claire, Elias, et Aelric se tenaient au sommet des remparts, regardant avec émotion la scène qui se déroulait devant eux. Leurs visages étaient marqués par la fatigue mais aussi par le triomphe, la lumière de l'espoir brillant dans leurs yeux.

« Nous l'avons fait, » murmura Claire, ses yeux brillant d'émotion.

Elias sourit, son cœur léger de la victoire remportée. « Nous avons combattu pour la lumière, et la lumière a triomphé. »

Aelric inclina la tête, ses pensées remplies de gratitude et de respect pour ceux qui avaient donné leur vie pour la cause. « Nous honorons ceux qui ont sacrifié leur vie pour notre liberté. Leur mémoire restera à jamais dans nos cœurs. »

Lucien leva l'Arme de l'Équilibre une dernière fois, la lumière dorée illuminant le ciel nocturne. « Que cette victoire soit un rappel de la force de l'unité et de l'espoir. Nous sommes Brumecôte, et rien ne pourra jamais nous vaincre tant que nous resterons unis. »

Et ainsi, dans la lueur de la lumière triomphante, Brumecôte se dressa comme un phare de courage et de détermination, prêt à affronter l'avenir avec une foi renouvelée et une force inédit

Le lendemain de la grande victoire, Brumecôte se réveilla dans une atmosphère de joie et de gratitude. Les habitants se rassemblèrent sur la place centrale pour une cérémonie de remerciement et de commémoration en l'honneur de ceux qui avaient combattu et donné leur vie pour sauver la ville.

Lucien, Claire, Elias, et Aelric se tenaient au centre de la place, entourés par une foule reconnaissante. Les visages étaient marqués par le chagrin des pertes subies mais aussi par la gratitude envers ceux qui les avaient protégés.

Eldrin, le chef du Conseil des Sages, prit la parole, sa voix résonnant avec une solennité respectueuse. « Aujourd'hui, nous honorons ceux qui ont combattu avec courage et détermination pour défendre notre foyer. Leur sacrifice ne sera jamais oublié. »

Une minute de silence suivit, où les habitants de Brumecôte s'inclinèrent la tête en hommage à ceux qui avaient péri dans la bataille. Puis, lentement, la vie reprit son cours, empreinte d'une nouvelle détermination et d'une reconnaissance renouvelée pour la paix et la liberté.

Au cours des jours qui suivirent, la ville se remit des ravages de la bataille. Les blessés furent soignés, les bâtiments endommagés furent reconstruits, et la vie reprit son cours normal.

Lucien, Claire, Elias, et Aelric furent accueillis comme des héros partout où ils allaient, leurs noms gravés dans les annales de l'histoire de Brumecôte. Mais malgré la reconnaissance, ils restèrent humbles, sachant que la vraie victoire était venue de l'unité et de la détermination de tous ceux qui avaient combattu pour la lumière.

Un mois après la bataille, Brumecôte organisa une grande fête pour célébrer la victoire et le début d'une nouvelle ère de paix et de prospérité. Les rues étaient décorées de guirlandes et de bannières colorées, les marchés débordaient de nourriture et de marchandises, et la musique et la danse remplissaient l'air de gaieté et de joie.

Lucien, Claire, Elias, et Aelric se joignirent aux festivités, leurs cœurs légers de la promesse d'un avenir meilleur. Ils dansèrent sous les étoiles, rirent avec les habitants de Brumecôte, et savourèrent chaque instant de cette nouvelle ère de paix et de liberté.

Alors que la nuit s'avançait et que les étoiles scintillaient au-dessus de Brumecôte, Lucien se tint sur les remparts, regardant la ville endormie avec un sentiment de gratitude et de bonheur. Ils avaient affronté l'obscurité et triomphé, et maintenant, ils pouvaient enfin savourer la douceur de la lumière de l'aube nouvelle.

Et ainsi, dans la lueur de cette aube nouvelle, Brumecôte se dressa comme un symbole de résilience et d'espoir, prêt à affronter l'avenir avec une détermination renouvelée et une foi inébranlable en la lumière.

Chapitre 15 : Les Chemins Séparés

Le temps avait passé depuis la grande victoire de Brumecôte sur les forces des ténèbres. La ville prospérait, reconstruite et renforcée par l'unité et la détermination de ses habitants. Pour Lucien, Claire, Elias et Aelric, c'était le moment de décider de leurs chemins futurs.

Assis autour d'une table dans une taverne paisible, ils discutaient de leur avenir.

« Nous avons vécu des moments inoubliables ensemble, » commença Lucien, son regard se tournant vers ses compagnons. « Mais il est temps pour chacun de nous de suivre notre propre voie. »

Claire hocha la tête, ses yeux reflétant la tristesse mêlée d'acceptation. « Nous avons combattu côte à côte, mais maintenant, nos chemins se séparent. »

Elias sourit doucement, le souvenir de leurs aventures gravé dans son esprit. « Nous sommes liés par nos expériences communes, mais nous devons aussi suivre nos propres passions et destinées. »

Aelric acquiesça, ses pensées tournées vers l'avenir incertain. « La vie est une aventure, et chaque choix que nous faisons façonne notre destin. »

Pendant des heures, ils discutèrent de leurs rêves et de leurs aspirations, partageant des souvenirs et des espoirs pour l'avenir. Ils savaient que leurs chemins divergeaient, mais leur amitié resterait éternelle, un lien indéfectible forgé par le feu de l'adversité.

Le lendemain matin, ils se séparèrent avec des au revoir empreints de tristesse mais aussi de gratitude. Lucien partit vers l'est, cherchant de nouvelles terres à explorer. Claire décida de retourner dans sa ville natale pour reconstruire ce qui avait été détruit par la guerre. Elias se lança dans une quête personnelle de connaissance et de sagesse, parcourant le monde à la recherche de réponses aux questions qui le tourmentaient. Et Aelric, le mage, se retira dans les montagnes pour méditer et approfondir sa compréhension de la magie.

Malgré la séparation, ils savaient que leur amitié resterait un lien indéfectible, les unissant à jamais dans le tissu du destin. Et ainsi, ils partirent vers de nouveaux horizons, prêts à affronter les défis à venir avec courage, détermination et l'espoir d'un avenir meilleur.

Des années ont passé depuis que Lucien, Claire, Elias et Aelric ont suivi des chemins séparés. Chacun a poursuivi ses propres aventures, faisant face à des défis, des dangers et des triomphes sur leurs routes individuelles.

Un jour, alors que le soleil se couchait sur l'horizon doré, une lettre arriva à Brumecôte. Elle était adressée à Lucien et portait le sceau de Claire. Tremblant d'excitation et d'anticipation, Lucien brisa le sceau et lut les mots écrits avec soin par son ancienne amie.

« Lucien,

J'espère que cette lettre te trouve en bonne santé et en paix. Je suis sur le point de revenir à Brumecôte après toutes ces années, et j'espérais te revoir. Il y a tant de choses à partager, tant d'histoires à raconter. J'espère que tu accepteras de me retrouver à notre ancienne taverne préférée.

À bientôt,

Claire »

Lucien sentit une bouffée d'émotion l'envahir alors qu'il relisait les mots de Claire. C'était comme si le temps s'était arrêté, ramenant à la surface des souvenirs chers et des liens d'amitié qui n'avaient jamais faibli malgré les années et les distances.

Sans perdre un instant, Lucien se dirigea vers la taverne où il avait passé tant de soirées avec ses compagnons. Là, il vit Claire, assise à une table à l'ombre d'un arbre, son visage illuminé par un sourire radieux.

« Claire, » appela-t-il, sa voix empreinte d'émotion.

Elle se leva et se précipita vers lui, ses bras ouverts dans un geste d'accueil chaleureux. « Lucien, » dit-elle, sa voix tremblant légèrement d'émotion. « C'est tellement bon de te revoir. »

Ils se serrèrent dans une étreinte, leurs cœurs se remplissant de joie et de gratitude. Pendant des heures, ils se remémorèrent leurs aventures passées, partageant des souvenirs et des anecdotes qui les faisaient rire et pleurer.

Finalement, Elias et Aelric se joignirent à eux, leurs visages éclairés par des sourires complices. Les retrouvailles furent douces et remplies de chaleur, un témoignage de l'amitié indestructible qui les liait malgré les années et les distances.

Alors que la nuit s'avançait et que les étoiles scintillaient dans le ciel, ils se tinrent ensemble, unis par les liens de l'amitié et du souvenir. Ils savaient que peu importe où la vie les mènerait, leur amitié resterait éternelle, un phare de lumière dans les ténèbres du monde.

Et ainsi, dans la douceur de cette nuit retrouvée, Lucien, Claire, Elias et Aelric savourèrent chaque instant, reconnaissants pour les retrouvailles et les liens précieux qui les unissaient à jamais.

Les retrouvailles de Lucien, Claire, Elias et Aelric à Brumecôte ravivèrent des souvenirs anciens et des liens d'amitié profonds. Pendant des jours, ils se remémorèrent leurs aventures passées, partageant des rires, des larmes et des réflexions sur les chemins qu'ils avaient suivis depuis leur séparation.

« Il est fascinant de voir comment nos vies ont évolué, » commenta Elias, son regard perdu dans le lointain. « Chacun de nous a suivi son propre chemin, mais nous avons tous été façonnés par nos expériences communes. »

Claire acquiesça, ses yeux brillant d'une lueur nostalgique. « Nous sommes comme les branches d'un arbre, » dit-elle. « Séparés, mais toujours liés par nos racines communes. »

Aelric sourit, son visage illuminé par la sagesse des âges. « La vie est un voyage imprévisible, » déclara-t-il. « Nous pouvons planifier et rêver, mais au final, ce sont les circonstances et les choix qui façonnent notre destinée. »

Lucien regarda ses amis avec gratitude, son cœur rempli de reconnaissance pour les liens indéfectibles qui les unissaient. « Peu importe où la vie nous mène, » dit-il d'une voix ferme, « nous serons toujours là les uns pour les autres. »

Les jours passèrent rapidement, et bientôt vint le moment des adieux. Lucien, Claire, Elias et Aelric se tinrent ensemble une dernière fois, leurs cœurs lourds de tristesse mais aussi de gratitude pour les retrouvailles inattendues.

« Nous nous retrouverons, » promit Claire, ses yeux brillant d'une lueur d'espoir. « Nos chemins se croiseront à nouveau, je le sais. »

Elias hocha la tête, son sourire empreint d'une sagesse tranquille. « Le destin est plein de surprises, » dit-il. « Qui sait ce que l'avenir nous réserve ? »

Aelric inclina la tête, son visage marqué par la sagesse et l'acceptation. « Peu importe où la vie nous mène, » dit-il, « nous resterons toujours amis, unis par les liens de l'amitié et du souvenir. »

Lucien prit une profonde inspiration, sentant une vague d'émotion l'envahir. « Nous sommes Brumecôte, » dit-il d'une voix ferme, « et rien ne pourra jamais briser notre amitié. »

Et ainsi, dans la douceur de ce moment d'adieu, Lucien, Claire, Elias et Aelric se séparèrent une fois de plus, chacun reprenant son propre chemin avec la certitude que leurs liens d'amitié seraient éternels, un phare de lumière dans les ténèbres du monde.

Dans les mois qui suivirent les retrouvailles et les adieux à Brumecôte, Lucien, Claire, Elias et Aelric continuèrent chacun leur propre chemin, emportant avec eux les souvenirs des aventures partagées et les leçons apprises.

Lucien parcourut les terres lointaines, explorant de nouveaux horizons et découvrant des cultures et des peuples fascinants. À chaque pas, il apprit des leçons sur la force de la diversité et la richesse de l'expérience humaine.

Claire retourna dans sa ville natale, où elle travailla sans relâche pour reconstruire ce qui avait été détruit par la guerre. Avec détermination et compassion, elle inspira les habitants à travailler ensemble pour un avenir meilleur, enseignant des leçons sur la résilience et l'espoir.

Elias poursuivit sa quête de connaissance et de sagesse, parcourant le monde à la recherche de réponses aux questions qui le hantaient depuis si longtemps. Dans les livres anciens et les conversations avec des sages et des érudits, il trouva des leçons sur la nature de l'existence et la quête de vérité.

Aelric se retira dans les montagnes, où il médita et approfondit sa compréhension de la magie. Avec chaque sort lancé et chaque énigme résolue, il apprit des leçons sur la puissance de la maîtrise de soi et la responsabilité qui accompagnait le don de la magie.

Malgré les distances qui les séparaient, ils restaient connectés par les liens de l'amitié et du souvenir. À travers les lettres et les messages, ils partageaient les leçons apprises et les défis surmontés, se soutenant mutuellement à travers les hauts et les bas de la vie.

Et ainsi, dans les leçons de l'aube, Lucien, Claire, Elias et Aelric trouvèrent la sagesse et la force pour affronter les défis à venir, sachant que leurs liens d'amitié seraient toujours là pour les guider dans l'obscurité et les éclairer dans la lumière.

Chapitre 16 : Les Vents du Changement

Des années avaient passé depuis les dernières aventures de Lucien, Claire, Elias et Aelric. Brumecôte avait prospéré, la paix régnait sur la région, mais le monde extérieur était en proie à des bouleversements.

Lucien, désormais un explorateur renommé, parcourait les terres lointaines, observant les signes de changement qui se manifestaient dans les contrées éloignées. Les peuples se préparaient à un avenir incertain, se méfiant des menaces qui planaient à l'horizon.

Claire, devenue une dirigeante respectée dans sa ville natale, travaillait sans relâche pour protéger ses habitants des dangers qui les entouraient. Les tensions montaient entre les royaumes voisins, et la guerre menaçait de déchirer la paix fragile qui régnait depuis si longtemps.

Elias, toujours en quête de connaissance et de sagesse, se tenait au courant des événements qui se déroulaient dans le monde. Il sentait que des forces obscures étaient à l'œuvre, manipulant les fils du destin pour leurs propres desseins sombres.

Aelric, retiré dans les montagnes, ressentait les changements dans les flux magiques qui parcouraient le monde. Une énergie sinistre semblait s'accumuler, menaçant d'ébranler l'équilibre fragile entre la lumière et les ténèbres.

Alors que les vents du changement soufflaient sur le monde, Lucien, Claire, Elias et Aelric savaient que de nouveaux défis les attendaient. Ils étaient prêts à affronter l'avenir avec courage et détermination, leurs liens d'amitié les guidant à travers les tempêtes à venir.

Et ainsi, dans l'incertitude de l'avenir, nos héros se tinrent prêts à faire face aux défis à venir, sachant que leur amitié était un phare de lumière dans les ténèbres du monde.

Dans les recoins les plus sombres du monde, des forces anciennes se réveillaient. Des ombres du passé surgissaient, empreintes de malveillance et de désir de vengeance. Lucien, Claire, Elias et Aelric se retrouvaient une fois de plus confrontés à des ennemis redoutables, dont les motivations étaient aussi mystérieuses que sinistres.

Lucien, explorateur intrépide, découvrit des ruines oubliées, des reliques antiques et des indices d'un passé oublié. Il sentait que quelque chose de maléfique se cachait dans les profondeurs des terres inexplorées, attendant patiemment son heure pour frapper.

Claire, dirigeante déterminée, faisait face à des menaces grandissantes à la frontière de son royaume. Des forces hostiles se rassemblaient, cherchant à semer le chaos et la destruction, mettant en péril la paix fragile qui régnait depuis si longtemps.

Elias, chercheur érudit, découvrit des textes anciens et des prophéties oubliées qui parlaient d'un grand conflit à venir. Il sentait que les ombres du passé se levaient, cherchant à détruire l'équilibre fragile du monde et à plonger l'humanité dans les ténèbres éternelles.

Aelric, mage sage, ressentait les flux magiques se déchaîner, perturbés par des forces obscures qui échappaient à son contrôle. Il savait que des pouvoirs anciens et maléfiques étaient à l'œuvre, cherchant à corrompre et à détruire tout ce qui se dressait sur leur chemin.

Alors que les ombres du passé s'abattaient sur le monde, Lucien, Claire, Elias et Aelric se tinrent prêts à affronter les défis à venir. Leurs liens d'amitié étaient plus forts que jamais, un rempart contre les ténèbres qui menaçaient de les engloutir.

Et ainsi, dans l'ombre des événements à venir, nos héros se préparaient à affronter les ténèbres du passé, déterminés à protéger ce en quoi ils croyaient et ceux qu'ils chérissaient.

Chapitre 17 : La Lumière de l'Amitié

Alors que les ténèbres menaçaient de submerger le monde, Lucien, Claire, Elias et Aelric se tinrent ensemble, prêts à affronter les ombres du passé avec courage et détermination. Leurs liens d'amitié étaient leur plus grande force, une lumière brillante dans l'obscurité qui les entourait.

Lucien, armé de son courage et de sa détermination, mena ses compagnons à travers les terres dangereuses et les ruines hantées, cherchant des réponses aux mystères qui les entouraient. Avec chaque pas, il renforçait les liens qui les unissaient, leur donnant la force de continuer malgré les obstacles.

Claire, avec sa sagesse et sa compassion, guidait ses amis à travers les tempêtes de la vie, les protégeant des dangers qui les guettaient à chaque tournant. Sa détermination était un phare de lumière dans l'obscurité, les guidant vers un avenir meilleur.

Elias, avec sa soif de connaissance et son esprit vif, découvrait des secrets anciens et des prophéties oubliées, cherchant des réponses aux questions qui le tourmentaient depuis si longtemps. Son esprit était une arme puissante contre les ténèbres qui menaçaient de les engloutir.

Aelric, avec sa maîtrise de la magie et sa sagesse millénaire, invoquait des sorts puissants et protégeait ses compagnons des forces obscures qui cherchaient à les détruire. Sa magie était une lumière dans l'obscurité, les guidant vers la sécurité et la paix.

Alors que les ténèbres se refermaient sur eux, Lucien, Claire, Elias et Aelric se tinrent ensemble, unis par les liens ensemble, rien ne pourrait les arrêter.

Les ombres du passé se dressaient devant nos héros, évoquant des souvenirs de guerres anciennes et de conflits oubliés. Alors que les forces du mal se rassemblaient pour l'ultime affrontement, Lucien, Claire, Elias et Aelric se tinrent prêts à défendre ce en quoi ils croyaient, prêts à affronter les ténèbres avec courage et détermination.

La bataille fut féroce, les cris de guerre résonnant à travers les terres déchirées par le conflit. Lucien se tint à la tête de ses compagnons, son épée étincelant à la lumière du soleil, alors qu'il affrontait les ennemis avec une bravoure indomptable.

Claire, avec sa force et sa détermination, dirigeait ses troupes avec une habileté remarquable, inspirant ceux qui la suivaient à se battre avec une ferveur renouvelée. Son courage était un phare de lumière dans l'obscurité, guidant ses compagnons vers la victoire.

Elias, avec sa sagesse et son intelligence, cherchait des moyens de contrecarrer les plans des forces obscures, utilisant ses connaissances pour combattre l'ennemi de l'intérieur. Sa détermination était une arme puissante contre les ténèbres qui menaçaient de les submerger.

Aelric, avec sa magie ancienne et son pouvoir mystique, lançait des sorts puissants et protégeait ses compagnons des attaques des forces obscures. Sa magie était une barrière contre les ténèbres qui cherchaient à les engloutir, les maintenant en sécurité dans la lumière de l'espoir.

La bataille fit rage pendant des heures, mais finalement, nos héros triomphèrent sur les forces du mal. Les ténèbres furent repoussées, la lumière l'emportant sur l'obscurité, et la paix fut restaurée dans le monde une fois de plus.

Alors que le soleil se levait sur le champ de bataille, Lucien, Claire, Elias et Aelric se tinrent ensemble, leurs cœurs remplis de gratitude et de détermination. Ils savaient que la bataille des âges était terminée, mais que de nouveaux défis les attendaient dans l'avenir.

Et ainsi, dans la lumière de la victoire, nos héros se tinrent prêts à affronter l'avenir avec courage et détermination, sachant que tant qu'ils seraient ensemble, rien ne pourrait les arrêter.

Après la bataille des âges, le monde semblait s'éveiller à une nouvelle ère de paix et de prospérité. Lucien, Claire, Elias et Aelric se tinrent ensemble, contemplant les horizons infinis qui s'ouvraient devant eux, prêts à embrasser un nouveau chapitre de leur vie.

Pour Lucien, le temps était venu de poursuivre ses explorations, de découvrir de nouveaux horizons et de vivre de nouvelles aventures. Avec un sourire sur le visage et une lueur d'excitation dans les yeux, il se lança dans l'inconnu, prêt à affronter les défis à venir avec courage et détermination.

Claire, quant à elle, décida de consacrer sa vie à reconstruire ce qui avait été détruit par la guerre, à inspirer ses compatriotes à travailler ensemble pour un avenir meilleur. Avec sa force et sa compassion, elle guida sa ville vers la prospérité, sachant que ses actions auraient un impact durable sur les générations futures.

Elias, toujours avide de connaissance et de sagesse, se lança dans une quête personnelle de découverte et d'exploration, cherchant des réponses aux mystères du monde qui l'entourait. Avec chaque nouveau livre lu et chaque nouvelle leçon apprise, il s'enrichissait de la sagesse du passé et de la promesse de l'avenir.

Aelric, le sage mage, décida de consacrer sa vie à enseigner les arts mystiques aux générations futures, à transmettre son savoir et sa sagesse à ceux qui cherchaient la lumière dans les ténèbres. Avec chaque élève qu'il formait, il savait qu'il laissait un héritage durable qui perdurerait bien après son départ.

Alors que nos héros se lançaient dans leurs nouveaux chemins, ils savaient que leurs liens d'amitié seraient éternels, les guidant à travers les hauts et les bas de la vie. Ensemble, ils avaient surmonté les défis les plus redoutables, prouvant que rien n'était impossible tant qu'ils étaient unis.

Et ainsi, dans la lumière de l'aube d'un nouveau jour, Lucien, Claire, Elias et Aelric se tinrent prêts à affronter l'avenir avec courage et détermination, sachant que quoi qu'il advienne, ils le feraient ensemble, unis par les liens indéfectibles de l'amitié.

Dans les méandres du temps et de l'espace, les destins de Lucien, Claire, Elias et Aelric étaient entrelacés, tissés ensemble par les fils invisibles du destin. Alors qu'ils poursuivaient leurs propres chemins, leurs vies continuaient de se croiser de manière inattendue, les ramenant toujours les uns vers les autres.

Lucien, explorateur intrépide, découvrit un ancien artefact qui le conduisit sur les traces d'une légende oubliée. Sur son chemin, il rencontra Claire, qui était elle-même à la recherche de réponses aux mystères du passé. Ensemble, ils affrontèrent des défis redoutables et découvrirent la vérité cachée derrière les légendes oubliées.

Pendant ce temps, Elias poursuivait sa quête de connaissance et de sagesse, cherchant des réponses aux questions qui le hantaient depuis si longtemps. Sur son chemin, il rencontra Aelric, qui avait lui aussi été attiré par les mystères anciens qui entouraient le monde. Ensemble, ils explorèrent les profondeurs des archives anciennes et découvrirent des secrets longtemps perdus.

Alors que leurs chemins se croisaient à nouveau, Lucien, Claire, Elias et Aelric savaient que leur amitié était un lien indestructible qui les unissait malgré les distances et les années qui les séparaient. Ensemble, ils affrontèrent les défis à venir, sachant que tant qu'ils seraient unis, rien ne pourrait les arrêter.

Et ainsi, dans les méandres du temps et de l'espace, les destins de nos héros étaient entrelacés, tissés ensemble par les fils invisibles du destin. Alors qu'ils poursuivaient leur voyage à travers les épreuves de la vie, ils savaient que leur amitié serait toujours leur plus grande force, les guidant à travers les ténèbres et les éclairant dans la lumière.

Alors que le temps s'écoulait inexorablement, nos héros firent face à des épreuves qui mettaient à l'épreuve leur courage et leur détermination. Les rêves qu'ils avaient nourris étaient désormais menacés par les vicissitudes de la vie, et ils se retrouvaient confrontés à des choix difficiles et à des sacrifices douloureux.

Lucien, autrefois plein d'espoir et d'audace, fut confronté à un revers inattendu dans ses explorations. Une découverte qui aurait dû apporter gloire et fortune se révéla être un mirage, laissant ses rêves de grandeur en lambeaux. Pour la première fois de sa vie, il se retrouva à douter de lui-même et de ses capacités.

Claire, qui avait consacré sa vie à reconstruire sa ville natale, fit face à des défis insurmontables qui menaçaient de détruire tout ce qu'elle avait accompli. La guerre menaçait de ravager une fois de plus la terre qu'elle aimait, et elle se sentit impuissante face à la violence et à la destruction qui se profilait à l'horizon.

Elias, toujours en quête de vérité et de connaissance, fit une découverte qui ébranla ses croyances les plus profondes. Les secrets anciens qu'il avait cherché si ardemment à percer révélaient une vérité plus sombre et plus terrifiante qu'il n'aurait jamais pu l'imaginer, mettant en péril son sens même de la réalité.

Aelric, le sage mage, se retrouva confronté à une menace plus grande que tout ce qu'il avait affronté auparavant. Une force maléfique s'éleva, menaçant de détruire tout ce qu'il chérissait, et il se sentit désespérément seul face à la puissance des ténèbres qui l'entourait.

Malgré les défis qui les attendaient, nos héros savaient qu'ils devaient rester forts et unis dans l'adversité. Leurs rêves pouvaient être brisés, mais leur amitié restait leur plus grande force, un phare de lumière dans les ténèbres qui les entouraient.

Et ainsi, dans les moments les plus sombres de leur vie, Lucien, Claire, Elias et Aelric se tinrent ensemble, prêts à affronter les épreuves à venir avec courage et détermination, sachant que tant qu'ils seraient unis, rien ne pourrait les arrêter.

Dans les moments les plus sombres de l'existence, nos héros découvrirent la véritable force de leurs liens d'amitié. Alors que les épreuves semblaient insurmontables et que les ténèbres menaçaient de les engloutir, ils trouvèrent du réconfort et du courage dans la présence et le soutien les uns des autres.

Lucien, ébranlé par la déception et le doute, trouva un soutien inattendu auprès de Claire, qui lui rappela la valeur de ses réalisations passées et la force de son caractère. Avec son amitié comme bouclier, il retrouva la confiance en lui-même et le courage d'affronter l'avenir avec détermination.

Claire, confrontée à la destruction imminente de sa ville natale, trouva du réconfort dans les mots d'encouragement d'Elias, qui lui rappela que même dans les moments les plus sombres, il y avait toujours de l'espoir. Avec sa sagesse comme guide, elle trouva la force de continuer à se battre pour ce en quoi elle croyait.

Elias, tourmenté par les secrets obscurs qu'il avait découverts, trouva un refuge dans la présence rassurante d'Aelric, qui lui rappela que même dans les ténèbres les plus profondes, la lumière pouvait être trouvée. Avec sa magie comme éclairage, il trouva la paix dans la connaissance que la vérité, hoeuvre plus grande et inaltérable que tout, était toujours à portée de main.

Aelric, confronté à la menace croissante des forces obscures, trouva du réconfort dans la camaraderie de Lucien, Claire et Elias, qui lui rappelèrent qu'ils étaient plus forts ensemble que séparés. Avec leur amitié comme bouclier, il trouva la force de se dresser contre les ténèbres qui menaçaient de les submerger.

Dans les moments de désespoir et de doute, nos héros se tinrent ensemble, unis par les liens inébranlables de l'amitié. Ensemble, ils trouvèrent la force de surmonter les épreuves qui se dressaient sur leur chemin, sachant que tant qu'ils seraient unis, rien ne pourrait les arrêter.

Et ainsi, dans la lumière de leur amitié, Lucien, Claire, Elias et Aelric se tinrent prêts à affronter les épreuves à venir, sachant que tant qu'ils seraient ensemble, ils pourraient surmonter n'importe quoi.

Alors que le soleil se levait sur un nouveau jour, nos héros se tinrent prêts à affronter les défis à venir avec courage et détermination. Mais alors que les premières lueurs de l'aube éclairaient l'horizon, ils furent témoins de révélations qui allaient bouleverser leurs vies et changer le cours de leur destinée.

Lucien, lors d'une de ses expéditions les plus périlleuses, découvrit un artefact ancien qui contenait des secrets longtemps perdus. Des révélations surprenantes sur son propre passé émergèrent, remettant en question tout ce qu'il croyait savoir sur lui-même et sur ses origines.

Claire, confrontée à une trahison inattendue de la part d'un proche allié, découvrit des vérités troublantes sur les motivations cachées derrière les événements qui avaient bouleversé sa ville natale. Des révélations choquantes sur les machinations politiques et les manipulations obscures la forcèrent à repenser sa confiance en ceux qui l'entouraient.

Elias, dans sa quête sans fin de vérité et de connaissance, fit une découverte qui ébranla les fondements mêmes de sa compréhension du monde. Des révélations troublantes sur la nature de la réalité et sur les forces mystérieuses qui la gouvernaient le confrontèrent à des choix déchirants sur la voie à suivre.

Aelric, alors qu'il se préparait à affronter les ténèbres qui menaçaient de submerger le monde, reçut une vision prophétique qui lui révéla des vérités cachées sur les épreuves à venir. Des révélations surprenantes sur le rôle qu'il devait jouer dans la lutte contre les forces obscures le forcèrent à faire face à son destin avec courage et détermination.

Alors que les révélations de l'aube éclairaient leur chemin, Lucien, Claire, Elias et Aelric se tinrent prêts à affronter les défis à venir avec une nouvelle compréhension de leur propre destinée. Ensemble, ils étaient prêts à affronter l'avenir, armés de la vérité et de l'amitié qui les unissait.

Et ainsi, dans la lumière de l'aube naissante, nos héros se tinrent prêts à affronter les épreuves à venir, sachant que tant qu'ils seraient unis, rien ne pourrait les arrêter.

Alors que nos héros se retrouvaient confrontés à leurs propres démons intérieurs, ils entreprirent un voyage vers la rédemption, cherchant à trouver la paix et à réparer les erreurs de leur passé.

Lucien, tourmenté par les secrets de son passé révélés par l'artefact ancien, se lança dans une quête pour découvrir la vérité sur ses origines.

Sur son chemin, il rencontra des épreuves qui testaient sa force intérieure et son courage, mais il persista, déterminé à trouver la rédemption pour les péchés de ses ancêtres.

Claire, confrontée à la trahison d'un allié autrefois fidèle, chercha à pardonner et à reconstruire les ponts brisés. Elle entreprit un voyage émotionnel pour guérir les blessures du passé et trouver la réconciliation avec ceux qui l'avaient blessée. À travers le pardon, elle trouva la force de continuer à avancer vers un avenir meilleur.

Elias, tourmenté par les révélations troublantes sur la nature de la réalité, se lança dans une quête pour comprendre le véritable sens de sa place dans le monde. Il plongea dans les profondeurs de la connaissance, cherchant des réponses aux questions qui le hantaient depuis si longtemps. Dans sa quête de rédemption, il trouva la paix dans la compréhension que la vérité était une quête sans fin, mais que chaque pas le rapprochait un peu plus de l'illumination.

Aelric, confronté à son propre destin prophétique, chercha à embrasser son rôle dans la lutte contre les forces obscures qui menaçaient le monde. Il entreprit un voyage spirituel pour se préparer à affronter les défis à venir, cherchant la force et la sagesse nécessaires pour triompher du mal. Dans sa quête de rédemption, il trouva la force intérieure nécessaire pour devenir le héros qu'il était destiné à être.

Alors que nos héros entreprenaient leurs propres chemins vers la rédemption, ils savaient que le voyage serait long et difficile. Mais avec courage et détermination, ils étaient prêts à affronter les défis à venir, sachant que la rédemption était à portée de main pour ceux qui étaient prêts à la chercher.

Et ainsi, dans les chemins de la rédemption, nos héros se tinrent prêts à affronter les épreuves à venir, sachant que tant qu'ils seraient unis, rien ne pourrait les arrêter.

Alors que nos héros avançaient sur le chemin de la rédemption, ils furent confrontés à des épreuves de l'âme qui testèrent leur force intérieure et leur détermination à surmonter les obstacles qui se dressaient sur leur chemin.

Lucien, dans sa quête pour découvrir la vérité sur ses origines, se retrouva confronté à des choix moraux difficiles qui remettaient en question son propre sens de l'identité et de la loyauté. Entre la tentation de suivre les voies de la facilité et l'obligation de rester fidèle à ses convictions, il dut faire face à des dilemmes éthiques déchirants qui mettaient à l'épreuve son intégrité et sa volonté.

Claire, alors qu'elle cherchait à pardonner et à reconstruire les ponts brisés avec ceux qui l'avaient blessée, se retrouva confrontée à la douleur de la trahison et à la difficulté de laisser aller le ressentiment. Entre la nécessité de guérir les blessures du passé et la tentation de céder à la rancœur, elle dut faire preuve d'une force intérieure remarquable pour trouver la paix dans le pardon et la réconciliation.

Elias, plongeant toujours plus profondément dans les mystères de l'univers, se retrouva confronté à des vérités troublantes qui mettaient en question ses propres croyances et convictions. Entre la tentation de se laisser emporter par les vérités troublantes et la nécessité de rester fidèle à ses idéaux, il dut faire preuve d'une détermination inébranlable pour trouver l'équilibre entre la connaissance et la sagesse.

Aelric, alors qu'il se préparait à affronter son destin prophétique, se retrouva confronté à des défis qui testaient sa foi en lui-même et en ceux qui l'entouraient. Entre la tentation de douter de ses propres capacités et la nécessité de rester fidèle à sa mission, il dut faire preuve d'une confiance inébranlable dans sa propre force intérieure pour surmonter les épreuves qui se dressaient sur son chemin.

Dans les moments les plus sombres de leur voyage, nos héros puisèrent leur force dans les liens indéfectibles qui les unissaient, trouvant le courage et la détermination nécessaires pour surmonter les épreuves de l'âme et continuer à avancer sur le chemin de la rédemption.

Et ainsi, dans les épreuves de l'âme, nos héros se tinrent prêts à affronter les défis à venir, sachant que tant qu'ils seraient unis, rien ne pourrait les arrêter.

Chapitre 18: Les Voies de la Lumière

Alors que nos héros avançaient sur le chemin de la rédemption, ils se retrouvèrent guidés par les voies de la lumière, cherchant à trouver la vérité et la paix intérieure dans les moments les plus sombres de leur existence.

Lucien, confronté à la tentation de suivre les voies de la facilité, trouva la force intérieure de rester fidèle à ses convictions et de suivre le chemin de l'honneur et de l'intégrité. À travers ses actions désintéressées et son courage inébranlable, il devint un exemple de vertu pour ceux qui l'entouraient, trouvant la paix dans la connaissance qu'il avait agi avec droiture et justice.

Claire, troublée par les tourments de la trahison et de la rancœur, trouva la force de pardonner et de laisser aller le ressentiment qui pesait sur son cœur. À travers son acte de grâce et de compassion, elle guérit les blessures du passé et trouva la paix dans la réconciliation avec ceux qui l'avaient blessée, trouvant la lumière dans l'obscurité de l'adversité.

Elias, confronté aux vérités troublantes sur la nature de la réalité, trouva la sagesse de reconnaître que la connaissance était un fardeau qui devait être porté avec humilité et respect. À travers sa quête continue de vérité et de compréhension, il trouva la paix dans l'acceptation de la complexité du monde qui l'entourait, trouvant la lumière dans les mystères de l'existence.

Aelric, préparé à affronter son destin prophétique, trouva la confiance en lui-même et en ceux qui l'entouraient, sachant que même dans les moments les plus sombres, la lumière de l'espoir brillait toujours. À travers sa détermination inébranlable à défendre ce en quoi il croyait, il devint un phare de courage et d'inspiration pour ceux qui avaient besoin de guidance, trouvant la lumière dans les ténèbres de l'incertitude.

Alors que nos héros avançaient sur les voies de la lumière, ils trouvèrent la paix et la rédemption dans la connaissance qu'ils avaient suivi leur cœur et agi avec courage et détermination dans les moments les plus difficiles de leur voyage. Ensemble, ils étaient prêts à affronter les défis à venir, sachant que la lumière de leur amitié et de leur détermination les guiderait à travers les ténèbres.

Et ainsi, dans les voies de la lumière, nos héros se tinrent prêts à affronter les défis à venir, sachant que tant qu'ils seraient unis, rien ne pourrait les arrêter.

Dans ce quarante-neuvième chapitre, nos héros trouvent la paix et la rédemption en suivant les voies de la lumière, agissant avec courage et détermination dans les moments les plus sombres de leur voyage. Avec leur amitié et leur détermination comme guides, ils se préparent à affronter les défis à venir, sachant que la lumière de l'espoir brillera toujours dans les ténèbres.

Alors que nos héros se tenaient au bord du précipice, prêts à affronter les défis finaux de leur voyage, une lueur d'espoir émergea à l'horizon. L'aube d'une nouvelle ère se levait, apportant avec elle la promesse d'un avenir meilleur et la possibilité de renouveau.

Lucien, Claire, Elias et Aelric, unis par les liens indéfectibles de l'amitié et de la détermination, se tinrent ensemble, prêts à affronter leur destinée avec courage et résolution. Ils avaient traversé les épreuves de l'âme, surmonté les défis les plus redoutables et trouvé la force de continuer à avancer malgré les obstacles qui se dressaient sur leur chemin.

Alors que le monde était plongé dans les ténèbres, nos héros devenaient des phares de lumière, guidant ceux qui étaient perdus dans l'obscurité vers un avenir meilleur. Leurs actions désintéressées et leur courage inspiraient l'espoir chez ceux qui avaient perdu tout espoir, apportant un renouveau bienvenu à un monde en proie au désespoir et à la désolation.

Ensemble, ils firent face à l'adversité avec une détermination inébranlable, sachant que tant qu'ils seraient unis, rien ne pourrait les arrêter. Ils se tinrent debout, prêts à affronter les ténèbres qui menaçaient de les submerger, sachant que la lumière de l'espoir brillait toujours dans les moments les plus sombres.

Et ainsi, alors que l'aube d'une nouvelle ère se levait sur le monde, nos héros se tinrent prêts à affronter les défis à venir, sachant que leur amitié et leur détermination les guideraient à travers les épreuves qui les attendaient. Ensemble, ils étaient prêts à écrire le prochain chapitre de leur histoire, une histoire de courage, de détermination et d'espoir.

Et dans la lumière naissante de l'aube, nos héros se tinrent prêts à affronter l'avenir avec courage et résolution, sachant que rien ne pouvait les arrêter tant qu'ils étaient unis.

Don't miss out!

Visit the website below and you can sign up to receive emails whenever JEUNE Derlens publishes a new book. There's no charge and no obligation.

https://books2read.com/r/B-A-UQFTB-SKNQD

BOOKS2READ

Connecting independent readers to independent writers.

www.ingramcontent.com/pod-product-compliance
Lightning Source LLC
Chambersburg PA
CBHW052104150726
48002CB00006B/2208